ラルーナ文庫

ビッチング・オメガと夜伽の騎士

真宮藍璃

JN103191

三交社

CONTENTS

Illustration

小山田あみ

ビッチング・オメガと夜伽の騎士

本作品はフィクションです。
実際の人物・団体・事件などにはいっさい関係ありません。

ヴァナルガンド大聖堂から、宵の刻を告げる鐘の音が聞こえてくる。

ヴァナルガンド王国の守護聖獣、フェンリルの息吹とも呼ばれる澄んだ音だ。

建国の折に名のある光魔術師たちによって鐘に込められた恒久平和を願う詠唱が、今に至るまでとどろいているともいわれ、ヴァナルガンド王宮を挟んで北側に建つこの塔にまで、よく響いてくる。

その音を聞きながら、クラウス王子はふっと一つ息を吐き、暗い窓ガラスに映る己の姿を一瞥《いちべつ》した。

ふわりと柔らかい亜麻色の髪に、薄いブルーの瞳《ひとみ》。透けそうな肌と、首にはめられた革のチョーカー。

自分が一見するとオメガの特徴そのままの顔かたちをしていることに、いい加減慣れねばとは思うのだが、いまだに鏡を見るとはっとすることがある。

容貌《ようぼう》だけ見ればオメガそのものなのに、長身で肩が広く、細身だが筋肉質な、まるで少年期のアルファのような体つきをしているために、ちぐはぐな印象を受けるせいもあるのだろう。

ごく普通の生来のオメガならば、あり得ないことだ。

(こんな感情になることもないのだろうな。生来のオメガならば)

かすかに苦い思いを抱きながら、クラウスは窓辺を離れてベッドに歩み寄った。

清潔なシーツが敷かれたベッドに腰かけると、振りかけられた薔薇水《ばらすい》の香りが漂って、知らず心拍が速くなるのがわかる。

塔の静けさ、部屋の落ち着いた調度品、ベッドの天蓋《てんがい》から下りるベールのようなカーテン。

まるでアルファの番《つがい》を迎えるオメガの寝室そのものだ。

ここで二日前に始まったこと、そしてクラウスがオメガとして成熟し、発情する体になるまで行われ続けるであろうことを思えば、これ以上似つかわしいしつらえもないのだが、それがまたクラウスの心を憂鬱《ゆううつ》にする。

大聖堂の鐘の音がやむと、ややあって塔のらせん階段をゆっくりと上ってくる足音が聞こえてきた。

気を静めるために深く息をして、部屋の入り口を真っ直《す》ぐに見る。

目線の先に、巨軀《きょく》のアルファの男が現れる。

「……少々遅れまして申し訳ありません、クラウス殿下。アンドレア、参りました」

アンドレア・ヴァシリオスが低く告げる。

彼はかつて南方にあり、今から十七年前に滅ぼされた武人の国、シレアの民で、黒髪と黒い瞳、胸に彫られた「戦士の証《あか》し」と呼ばれる美しい刺青《いれずみ》がその特徴だ。

諸国を流浪していた十歳の頃、クラウスの父である先王に拾われ、幼年期から少年時代のクラウスに、従者兼遊び相手として仕えていた。

その後王国騎士団の騎士となって、二年ほど前からは百人隊長をつとめている。

遠慮がちにこちらを見つめるアンドレアに、クラウスは言った。

「そんなところに立っていないで、こっちに来いよ、アンドレア。今後は俺に近寄るのに許可を得る必要はないと言っただろう？」

「……は。それでは、失礼いたします」

慎み深く言って、アンドレアが中に入ってくる。

部屋の空気が揺れ、かすかに麝香《じゃこう》に似た香りがしてくる。

アルファであるアンドレアの、フェロモンの香り。

自分がオメガの体になるまで、ついぞ嗅《か》いだことのなかった匂《にお》いだ。

こんな艶《つや》めいた香りを発しながら目の前に片膝《かたひざ》をついて屈《かが》まれたら、否が応でも腹の底のあたりがきゅっと疼《うず》く。

それには気づかぬ様子で、アンドレアが律儀に訊《き》いてくる。

「始める前に、ご確認いたします。今宵のお体の調子はいかがですか、殿下？」

「昨日と変わらないな。悪くはないよ」

「お気持ちのほうはどうです？」

「そっちも問題はない。ああ、でもできれば今後は、ベッドで殿下はやめてほしいかな。なんとなくちょっと、恥ずかしさが増すというか」

「それは……、気が回らず大変申し訳ありませんでした。では、クラウス様と？」

「それでいいよ。ほかには特に伝えることはない。始めてくれ」

「承知いたしました」

あえて淡々と告げた言葉に、アンドレアが至って真面目《まじめ》な顔で小さくうなずく。

「では、今夜も不肖、このアンドレア・ヴァシリオスが、クラウス様の『夜伽役《よとぎ》』をつとめさせていただきます」

「……っ」

夜着の裾《すそ》から出たむき出しの膝にちゅっと口づけられ、黒い瞳で見上げられて、背筋にしびれが走る。

目の前のアルファの肉体に、オメガのこの体は早くも反応し始めている。

昨日も一昨日《おととい》もそうであったように、今夜もまだアンドレアに触れられ、甘く抱かれて恥ずかしく声を立ててしまうのだろうか。

(俺だって、同じアルファだったのに)

衣服を緩められ、体をベッドに横たえられながら、また苦い思いに囚《とら》われる。

クラウスは生来のオメガではなく、十七歳まではアルファだった。

五年前に第一王子であった兄が亡くなってからは、ほかにアルファの王族がおらず、クラウスが次期国王になるであろうことがほぼ確定していた。

それが今から三年前、突如原因不明の高熱を出し、数日間生死の境をさまよったあと目覚めると、赤茶に近かった髪は亜麻色に、濃いグリーンの瞳は薄いブルーに、日焼けした活力のある肌は透けるような薄い色に変わっていた。

体がオメガへとバース転換する、「ビッチング」と呼ばれる現象が起こったのだ。

王国を継ぐべき王子としてオメガの伴侶《はんりょ》を娶《めと》り、王となって子を産んでもらうはずが、アルファの婿を取って自ら世継ぎの子を産むことを要請される立場になってしまったということだ。

それだけでも十分に心が重いのに、アルファからオメガに中途転換したせいなのか、もう二十歳《はたち》になるのにクラウスには発情期が来る気配がない。

そういった場合、俗に竿《さお》役などとも呼ばれる専属のアルファである「夜伽役」を立て、抱き合うことで体の成熟を促すのが一般的で、アンドレアはその役割を果たしているのだ。

「……綺麗《きれい》ですよ、クラウス様」

「なっ」

「透ける肌が上気して、匂い立つようだ。胸のここも、可愛《かわい》らしく硬くなって……、まるで薔薇の蕾《つぼみ》のようではありませんか」

「そ、な、言わ、なっ……、ぁっ、はぁ、あ」

大きな手で肌を撫《な》でられ、乳首を口唇《くちびる》でちゅくっと吸い立てられて、自分でも信じられないような恥ずかしい声が洩《も》れる。

アンドレアを「夜伽役」に指名したのは、ほんのたわむれ心からだった。

王子として身を慎《つつし》んで暮らしてきたクラウスは、アルファだった頃もオメガになってからも、性愛の経験が一切なく、アルファに抱かれる覚悟もまだなかった。

話しぶりから、アンドレアもそちらには疎いのだろうと思ったからこそ話を持ちかけたのに、彼はこちらが赤面するような甘い言葉を口にし、巧緻《こうち》な技でどこまでも啼《な》き乱れさせてくる。

アンドレアがベッドでこんなにも「アルファらしい」振る舞いをするなんて思いもしなかったから、オメガの体を彼の手で昂《たかぶ》らされるたび、こんなはずではなかったのにと、複雑な気持ちになってしまう。

初めて出会った五歳の頃は、いつも忠犬のように優しく傍《そば》に寄り添ってくれるアンドレアにひたすら甘えていた。少年時代は気の置けない友達か、あるいは兄弟のように親しく過ごしていた。

だが三年前、クラウスがオメガになったことが確認されると、何か間違いがあっては困るからと、番のいない独身のアルファであるアンドレアは従者を解任になった。

それからは、アンドレアは臣下としての立場をわきまえ、やや距離を取って接してくるようになったのだった。

クラウスがそのことを少々寂しく思い、以前のような親密さを取り戻したいと思っていたのは事実だが、こういう親密さを求めていたわけではもちろんなかった。

王として即位し、アンドレアを右腕として、自ら騎士団を率いて国を守るために戦う。

それこそが、クラウスが思い描いていた未来だったのに。

（だが、俺はこの試練に耐えねばならない）

一年ほど前に父王が崩御してから、ヴァナルガンドの王位は空位となっている。

王になれるのはアルファだけなのに、今王族にアルファが一人もいないせいだ。

否、アルファどころか王族自体、今はもうクラウスのほかには高齢のベータの王族が一人いるだけだ。

ここ五十年ほど、どうしてか王族にあまり子供が生まれず、クラウスの母なども含め、疫病が流行《はや》った際に夭逝《ようせい》する者も多かったことから、いつの間にかそういうことになってしまったのだ。

だからオメガのクラウスがアルファの世継ぎを産まなければ、そこで王朝が途絶えてしまうことになる。そのような事態だけは、なんとしても避けねばならない。

クラウスにも、それはよくわかっているのだが……。

「……あ……、やっ……」

脚を大きく開かされたから、思わず逆らって膝を閉じ、両手で局部を覆い隠した。

静かに首を横に振って、アンドレアが言う。

「あなたの美しい場所を隠さないで、クラウス様」

「っ、でもっ、恥ず、かしいっ」

「恥ずかしいことなど何もありません。どうか私にすべてをさらけ出してください」

黒い瞳で真っ直ぐに見つめられ、至って真面目な顔で言われて、羞恥《しゅうち》で頭が熱くなる。

アンドレアがこの状況に少しも動じないことが、逆にクラウスをいたたまれない気持ちにさせているのだが、どうやら彼はそれに気づいていない様子だ。

でも恥ずかしがっているのがこちらだけだということは、アンドレアにとっては、これも日々のつとめの一つなのだということだ。

クラウスは今はオメガだとはいえ、十七まではアルファとして成長してきた。体格も並のオメガよりはしっかりしている。少なくとも、ごく一般的なアルファにとって、欲情を喚起する姿であるとはとてもいえないはずだ。

それでもアンドレアは、毎晩ここを訪れ、丁寧に優しくクラウスを抱いてくれている。きっと身が奮い立つよう、懸命に努力してくれているのに違いない。

（……俺のほうがためらっていて、どうする……！）

アルファの子を産める成熟したオメガになれるよう、せいぜい行為に励まなければ。

クラウスは自分に言い聞かせるように思い、アンドレアに身を委《ゆだ》ねるべくゆっくりと脚を開いた。

◆

◆

◆

大エウロパ大陸北東部、二つの大きな山脈に挟まれた盆地に位置する、ヴァナルガンド王国。

さほど国土は広くなく、冬は厳寒に閉ざされるが、春夏は比較的温暖な気候に恵まれ、山脈からは豊かな水が流れてくる。麓《ふもと》の盆地には酪農にも農耕にも適した肥沃《ひよく》な大地が広がっており、民の暮らし向きは悪くない。

建国以来、何度か他国の侵略を受け、辺境にはいまだ火種がくすぶっているような地域もあるが、ここ二十年ほどは政情も安定している。

大エウロパ大陸の中央を流れる大河、大エウロパ川の東側の平野に存在するいくつかの小国と「東岸同盟」という同盟を結んでおり、クラウスの父である先王が自ら組織した強力な光魔術師団と、その支援を受けて戦う勇敢な王国騎士団とが、同盟加盟国を侵略の脅威から守っているからだ。

だが王不在であることはまぎれもない非常事態で、それは東岸の国々には広く知れ渡っている。それゆえに、クラウスのもとにはアルファの貴族や王族との縁談が、近隣国ばかりでなく遠方の国々からも折々に舞い込んできていた。

クラウスがアンドレアを「夜伽役」に指名し、初めて彼に抱かれた日も、昼間に異国からの使者の訪問を受けていた。

「……っ……？　ではあなた様が、クラウス殿下ご自身でいらっしゃるので っ…？」

使者の当惑しきった声に、王宮の謁見の間に緊張が走る。

脇《わき》に控えている宰相や重臣たちが黙って目くばせし合うのを横目で見ながら、クラウスは落ち着いて玉座から答えた。

「いかにも。俺が先王の第二王子のクラウスだ。オメガの、な」

クラウスの言葉に使者が目を丸くする。

今まで何度もそういう反応を見てきたので、気持ちはよくわかるのだが、やはり少々心が疲れる。

この縁談も、また破談になってしまうのだろうか。

父王の死後、クラウス以外の王族が高齢のベータ一人しかいなくなったため、クラウスはオメガながら、王が行うべき公務全般を代行している。

よってこのように、縁談を持ってきた使者と自ら会い、婚姻の申し入れを受けるか否かの判断をしなければならない立場でもあるのだが、正直に言えば、そろそろ誰《だれ》かに代わってもらいたい気持ちが強い。

今回は、南東にある海洋国家のアルファの第七王子をクラウスの婿候補にどうか、という話が持ち込まれたのだったが、この後の流れはだいたい予想できる。

成人しているオメガなのに、クラウスにはいまだに発情期が来ていないこと。

そして何より、そのオメガらしからぬ容姿を目にした使者は、ほぼ同じことを言う。

「……申し訳ありません、殿下！　このように謁見を賜っておきながら誠に恐縮ではございますが、今回の件、一旦保留とさせていただけませんでしょうかっ？」

「ほう？　何かまずいことでも？」

「い、いえ、そのようなっ！　ただ、殿下のお言葉を一度国に持ち帰る必要を感じたのです！」

「そうか。もちろんかまわない。そちらの都合もいろいろとあるだろうしな。では国境まで騎士団に送らせよう。旅の安全を祈っている」

内心またかと思いつつも丁寧に応じ、逃げるように去っていく使者を送り出すと、控えていた重臣たちが、一斉にはあ、と盛大なため息をついた。

祖父王の代から王国に仕えるアルファの宰相、アスマンが、嘆くように言う。

「これはまた、破談ですかな？」

「だろうな。ふふ、あの使者の顔を見たか？　目玉が飛び出しそうだったぞ？」

「笑い事ではございませんぞ、殿下！」

いさめるように、アスマンが言う。

「先月からすでに三件のご縁談が破談になっているのです。このままではよからぬ噂《うわさ》が広がり、ますます縁遠くなってしまいます！」

「そうはいっても、気乗りのしない相手と無理やり番《つが》うわけにもいかないだろう？　昔から、アルファとオメガは運命によって結ばれる、と言うではないか？」

軽く言うと、アスマンが小さく天を仰いだ。

アスマンの進言もその反応も、理解できなくはない。貴族はもちろん王族も、ほとんどの婚姻は政略結婚であり、「運命の番」などという言葉を信じている者は少ない。クラウスにしても、話の流れで言ってみただけだった。

アルファとベータ、そしてオメガ。

それは男女の性とは別の第二の性で、バース性と呼ばれている。

その起源は定かではないが、少なくともこの大エウロパ大陸では、人は誰でも三つのバース性のうちの一つの特性を持って生まれてくる。

高い知性と大きくてタフな身体を持ち、王や部族の長として、あるいは魔術師団や騎士団の長として、民を治めたり軍勢を率いたりといった、人々の上に立つ立場になることの多いアルファ。

アルファほどの能力はないが、丈夫な身体と温厚な性質を持ち、よく気のつく働き者が多い、三つのバース性の中でもっとも人口比率が高いベータ。

そして、体格や力ではほかのバース性に劣るものの、生殖能力がずば抜けて高く、発情することによってアルファを惹《ひ》きつけ、番の絆《きずな》を結んでアルファ性の子供を産むことができる、オメガ。

男女の性のほかに、それら三つのバース性が存在することにより、婚姻や出産の形態はさまざまだ。国や地域によっては、生まれたバース性によって家族間で身分が変わることもある。

ヴァナルガンド王国のように、バース性によらず、生まれや家柄によって貴族や平民などの社会階層が形成されている国もあるが、そのような国においても、アルファは基本的に、上級役人など国を治める立場になったり、騎士や魔術師として高い能力を発揮し、人々を導く立場になることが多い。

そのため、一般的にはアルファはオメガと婚姻し、番となって、オメガにアルファ性の跡継ぎを産んでもらってともに育てることを求められる。

ヴァナルガンド王国でもそのような慣習が続いており、それは王族も同じだった。

アルファの王子や王女にはオメガの伴侶を、オメガの王子や王女にはアルファの婿を。

そこに運命が介入する余地などは、やはりほとんどなさそうな気がするのだ。

「……ときに、殿下。はばかりながら申し上げますが、その……、そろそろ、なんらかの手を打つ頃合いではないかと」

アスマンがためらいを見せながら言う。

言いたいことはなんとなくわかったが、クラウスはわざと素知らぬ顔で言った。

「ん？　なんの話だ？」

「殿下のお体のことでございます。今回のご縁談も諦《あきら》めるとしても、やはりせめて、殿下のお体に発情期が来るよう、うながす必要があるのではないですかな？」

アスマンの言葉に、重臣たちがうなずき合う。

「恐れながら、宰相殿のおっしゃるとおりかと」

「我らも賛同いたしますぞ」

「やはり、今後のことを考えていただきたく……」

王璽《おうじ》尚書《しょうしょ》に国務尚書、それから外務尚書。

重臣たちが、それぞれの官職の立場から、アスマンへの賛意を示す。

皆遠慮がちな声ながら、切実な表情だ。アスマンがコホンと一つ咳払《せきばら》いをして言う。

「いかがでしょう。ここらで一つ、『夜伽役』を立てるというのは？」

やはり来たかと思いながら、重臣たちの顔を見回す。

彼らが正しいことを言っているのはわかっている。国の将来を考えての言葉であるのもわかっているが、正直言ってまだ決心がつかない。

アルファとして生まれ育ったのに、同じアルファに抱かれるなんて……。

「……おや、鐘の音だな」

大聖堂の鐘が鳴り出したから、クラウスはこれ幸いと玉座から立ち上がった。

「聖堂で祈る時間だ。すまない、その話はあとにしてくれ」

短く言って、重臣たちの間をさっと通り抜ける。

アスマンの深いため息を背中で聞きながら、クラウスは謁見の間をあとにした。


「ヴァナルガンドの国と民とに、とこしえに守護聖獣フェンリルの加護があらんことを」

クラウスは膝をついて頭《こうべ》を垂れ、日ごとの祈りの言葉を口にした。

ヴァナルガンド大聖堂の二階にある、王たちの祈りの間。

王族のみが入ることを許されたその部屋は、クラウスにとっては慣れ親しんだ心落ち着く場所だ。

七歳年上の兄王子マヌエルとともに、幼い頃から父王に連れられて毎日ここに来て、日ごとの祈りを捧げてきた。

五年前にマヌエルが亡くなり、昨年父王も亡くなって、今は一人での礼拝となってしまったが、ここに来ればいつでも、心が慰められる気持ちになる。

「……」

部屋の空気がひやりとした次の瞬間、床を見つめる目の端を、白銀の毛がふわりと通り過ぎたのがわかった。

ゆっくりと顔を上げると、部屋の奥にある薔薇窓に向かって歩いていく、人よりも大きな白銀の狼《おおかみ》の姿があった。

守護聖獣、フェンリル。

こちらを見やるでもなく悠々と歩を進める、その気高く美しい姿に、クラウスはいつでも魅了される。

『聖獣フェンリルに選ばれるよう、たゆまず励め！　王族としておごることなく、国と民とに尽くすのだ！』

父王からかけられていた激励の声は、今でもその声音を思い出せるくらい鮮烈に、クラウスの心に刻まれている。

聖獣フェンリルは建国の王ヴィルヘルムと契約し、この国の永遠の守護者となった聖なる獣だ。自ら王となる者を選び、王とだけ心を交わし合い、国を治めるための強力な魔力を授けてくれるのだ。

よってこの国には、王位継承順位は存在せず、王太子も置かれない。

クラウスはアルファの王子として、兄のマヌエルとともに幼い頃から王として選ばれるのにふさわしい人間になれるよう、武芸や魔法、学問など、さまざまな分野で研鑽《けんさん》を積んできた。マヌエルが亡くなったあとは、ほかにアルファの王族もおらず、本来ならば今頃は、クラウスがフェンリルに選ばれて王位を継いでいたかもしれない。

だがオメガにバース転換してしまったことで、その道は絶たれた。

今はアルファの婿を番に迎え、アルファの世継ぎを産むことが、ほかのどんなことよりも強く求められているのだ。

考えまいと思っても、どうしてこんなことになったのだろうと悔しい気持ちになる。

(だが、オメガであっても俺は王族だ。王にはなれなくとも、国と民とを守らねばならない)

王不在の今、この国にはフェンリルと意思の疎通を図れる者がいない。

王族であればフェンリルの姿を見ることだけはできるが、王が空位の状態では、民たちには姿は見えず、ゆえにその加護を日々実感することも難しい。

そんな状態が続けば、やがて民のフェンリルへの信心が薄れ、国家の存亡にかかわる事態を招くことにもなるかもしれない。

幸い、今のところ他国からの大きな侵略の気配もなく、魔力の供給も足りていて、比較的平穏な世相ではあるが、西方で怪しげな魔術を操る新興国家が勃興《ぼっこう》しつつあるという噂も聞く。有事となれば、当然ながらフェンリルの強い魔力の助けが必要となってくるだろうし、その姿が民たちを鼓舞することだろう。

やはり自分がアルファの世継ぎを産み、この国に新たなる王を誕生させることが、国や民を守るうえでもっとも重要な責務なのだ。

それなのに、縁談がことごとく破談に終わってばかりいるのは、やはりまずいと自分でもわかっている。

現状を打開するため、まずは「夜伽役」をつけてはどうかというのは至ってまっとうな意見だし、今できる唯一の方策ではあるが、しかし……。

「……おや、クラウス様。祈りの間にいらしていたのですね？」

あれこれと思い悩みながら王たちの祈りの間を出て、民たちにも開放されている礼拝堂に下りていくと、整然と並べられた長椅子《ながいす》の最前列に座っている小柄な人物に声をかけられた。

亡き兄王子マヌエルの番だった、オメガのロイドだ。

「ロイド！　出歩いて大丈夫なのか？」

しばらく病の床に臥《ふ》せっていて、姿を見せるのは久しぶりだったから、クラウスは思わず駆け寄り、膝をついて彼を見上げた。

やや面やつれしているが、優美な顔立ちは変わらず美しく、亜麻色の長い髪はいつにもまして艶やかだ。小さくうなずいて、ロイドが言う。

「ええ、どうにか回復いたしました。長らくご心配をおかけしました」

ロイドは光魔術師で、飾らぬ人柄と優しい気質から、皆に好かれている。

彼の母国のベルランドは、昔から高名な光魔術師を多く輩出しており、今は大魔術師として有名なロイドの長兄が王座に就いている。ロイド自身の魔力も高く、遠見の術を使ってヴァナルガンド王宮に居ながらにして辺境の様子を透視したりすることもできる。

魔術師としての能力は間違いなく王国随一なのだが、元々あまり体が強くないたちで、半月ほど前に体調を崩してからは、ずっと表に出てこなかった。

アルファからオメガになったクラウスにとっては、よき相談相手でもあるので、元気になってくれてとても嬉《うれ》しい。

マヌエルの死後、自分は未亡人だからと気を使って、王たちの祈りの間に入ることがなくなったロイドだが、クラウスは一応訊いた。

「せっかくだから、一緒に祈りの間へ行くか？」

「いえ、私はいつものように、こちらでお祈りさせてもらいます。それより、あなたにお知らせが」

　ロイドが笑みを見せて言う。

「まもなく、遠征に出ていた王国騎士団が帰還しますよ」

「えっ……、でも、確か明後日《あさって》の予定では？」

「東の国境近くは例年より雨が少なく、迂回路《うかいろ》を使わずにすんだようです。じきに帰ってくるでしょう。百人隊長殿は、また武勲を立てたようですね？」

　ロイドの言葉に、クラウスも思わず笑みをこぼす。

　王国騎士団は、国境に近い場所にある山を根城にしている山賊を討伐するため、三か月ほど前から遠征に出ていた。百人隊長であるアンドレアの活躍は、すでに書状で知らされていたが、帰ってくるなら皆とともに大いに労《ねぎら》ってやらねば。

「そういうことなら、急ぎ宴の支度をさせなくては。あなたも来られるかな？」

「まだ本調子ではないので、宴席は遠慮しておきます。皆に労いの言葉をお伝えくださいませ」

「わかった。教えてくれてありがとう、ロイド。もう少し調子がよくなったら、またゆっくり話そう。あまり無理はしないようにな？」

「はい。ありがとうございます、クラウス様」

ロイドが穏やかに微笑《ほほえ》んで言う。

祈りを始めたロイドを残して、クラウスは急ぎ王宮へと戻っていった。


ロイドから知らせを受けてからほどなくして、王国騎士団の先触れが王宮に到着し、続いて本隊が帰還してきた。知らせを聞いた民たちが城下で出迎え、クラウスも王宮のバルコニーに出て、騎士団を出迎えた。

そのまま騎士団長に副団長、遠征に同行していた戦闘支援に長《た》けた魔術師たちを広間に呼び、成果を報告させたのだが、肝心のアンドレアの姿が見えない。

騎士団長に訊いたところ、愛用の剣が大きく刃こぼれしたとかで、アンドレアは城下にある鍛冶工房に立ち寄っているのではとのことだった。

城下には、アンドレアとともにこの国に移住してきたシレアの民の工房がいくつもあり、質のいい武器や防具が数多く作られている。

クラウスも子供の頃にはよく王宮を抜け出して、工房を覗《のぞ》きに行っていたものだった。

「――――いや、重さは問題ない。ただ以前のものより、やや刃がもろくなった気がするのだ」

「では、配合を変えてみましょうか？」

「頼む。それから短剣のほうなのだが、こちらは長さはいいが、厚みをもう少し――

――」

鍛冶工房に行くと、アンドレアが武器の改良について職人たちと話しているところだった。

シレアの民は俗に「戦闘民族」とも呼ばれ、肉体を使った戦闘には長けているが、魔法を持たない民族だ。

それゆえに十七年前、「魔術師王」と呼ばれた当時の隣国の王によって国を滅ぼされた。今はその隣国も別の国に併合されたが、シレアの民は祖国を失ったまま、今も大エウロパ大陸の各地に離散して暮らしている。

アンドレアも、先王との出会いがなければ、今頃はどこかで傭兵《ようへい》稼業でもして糊口《ここう》をしのいでいたかもしれない。

けれど、アンドレアとともにシレアの民たちがヴァナルガンドに来てくれたおかげで、高度な戦闘技術や武器、防具の製法が伝えられ、この国の騎士団の戦闘力は飛躍的に上がった。あまり魔術には適性がなかったクラウスは、アンドレアのように自分も鍛錬を積み、ゆくゆくは騎士王になって、彼を従えて戦いに赴くことを夢見ていたのだ。

ただでさえ体力で劣るオメガ、しかも世継ぎを産まねばならない体になってしまったので、昔ほど激しい鍛錬はできなくなったが、ここに来ると日々アンドレアと手合わせしていた十代の頃を思い出して、ちょっとうずうずしてくる。

「……クラウス殿下っ？」

入り口からちらちらと中を覗いていたら、熱心に話し込んでいたアンドレアが、ようやくこちらに気づいて頓狂《とんきょう》な声を出した。

職人たちが慌てて脇に控えようとしたので、すっと手を振ってそれを制して、クラウスは言った。

「皆そのままでいい。アンドレア、よく戻ったな」

「は……。その……、王宮にも参内せず、申し訳ありません」

「まったくだ！　三か月も遠征に出ていたというのに、俺に顔も見せずにさっそく武器の手入れとは。まあ、おまえらしいといえばおまえらしいかな？」

からかうようにそう言うと、アンドレアは何か弁明しかかったが、結局気恥ずかしそうな表情を浮かべて、小さく頭を下げただけだった。

長い戦いのあとには、まず己の体をいたわり、同じように武具をいたわる。

シレアの民であるアンドレアが、幼少の頃から身につけている習慣だ。こちらもそれをわかっているので、臣下として礼を失する行為だ、などと言って罰したりはしない。

「今、お席をご用意いたしますので」

アンドレアが言って、木製の肘《ひじ》かけ椅子を絹の布で磨き出す。

別に、立ったままでもかまわないのに。

「このままでいいよ、アンドレア」

「いえ、このようなむさくるしいところへ来ていただいたのです。せめてこれくらいは」

「俺は何も気にしてないぞ。だいたい、昔から何度も来てるじゃないか？」

「子供の頃とは違います。……さあ、こちらへ」

職人たちの作業を止めることなく工房を見渡せて、しばし話もできそうな場所に、アンドレアがピカピカに磨いた椅子を置いて柔らかい毛皮をかける。

王族のクラウスに対し、アンドレアがこのように臣下として振る舞うのは、誰の目にも当然のことではある。

でもクラウスとしては、やはり少し寂しい。昔はもっと気楽な関係だったのにと、ついそう思ってしまう。

（だが、それも仕方のないことか）

三年前、クラウスがオメガにバース転換したことに、最初に気づいたのはアンドレアだった。一般的にアルファは、オメガに必要以上に近づかぬよう教育されるが、シレアの民はそういった礼節を特に重んじているため、アンドレアはあの瞬間から、文字どおり一歩引いてクラウスに接してきたのだ。

アンドレアはこの国の民ではあるが、それが彼のシレアの民としての生き方ならば、きちんと尊重したい。

　クラウスはそう思い、アンドレアが用意してくれた椅子に腰かけて、鷹揚《おうよう》に言った。

「遠征ご苦労だった。詳細は団長の報告書を待つとして、どうだった、山賊退治は？」

「そうですね……、地形が複雑で、しばし攻めあぐねる場面もありましたが、おおむね作戦どおりに敵を追い込むことに成功しました」

「例の、東方の国の古文書にあった、奇襲作戦だな？」

「はい。殿下のお考えのとおり、奴らはこちらが崖《がけ》を下って攻めてくるとは夢にも思わなかったようです。すっかり油断していました」

「ふふ、そうか。それは見てみたかったな」

　遠征前の作戦会議には、クラウスも出席していた。元々兵法や戦術に関する書物を読むのが好きで、たまたま読んだばかりだった古文書の内容を話したのだが、かなり難度の高い作戦だと、慎重な意見が出た。

　だがクラウスは、今の王国騎士団ならできるはずだと思っていたし、実際そのとおりになった。アンドレアが笑みを見せて言う。

「賊を山から平地に追い立ててからは、殿下が提案してくださった新しい弓兵の隊列が功を奏しました。今回の討伐作戦の成功は殿下のご采配《さいはい》によるものだと、皆感服いたしております」

「そう言ってもらえると、俺としても嬉しいな」

騎士団とともに戦いの場には行けなくても、こういう形でかかわることができると、自分も遠征に参加している気持ちになる。

もちろん、身を挺《てい》して戦う騎士たちの奮戦には敵《かな》わないが。

「おまえの活躍も聞いているぞ、アンドレア」

「活躍とはまた……。私はあやうく賊の首領を取り逃がしかけたのです。とても活躍したとは言い難いです」

「おまえらしい謙遜《けんそん》だな。おまえが降伏を迫ったおかげでそうなったのだろう？　結果、無駄な犠牲を出すことなく首領を捕らえ、手配書が出ていた奴の母国に送還できたのだ。先方からは早々に礼状が届いたぞ？」

集団自決を装って己だけ逃げ出した山賊の首領は、同盟国内部を転々と移動しては悪事を繰り返していた悪党だった。

残虐な性質の男だったので、捕らえず殺すべしとの主張もあったが、アンドレアはクラウスがそれを望んでいないことを察して、生け捕りにしたのだと報告があった。

少し照れたように、アンドレアが言う。

「魔術師団の方々の支援のおかげもあります。『捕らえた者を絶対に放さない魔法の縄』も、とても役に立ちました」

「……そういえば、ずいぶん前にロイドが、試しにそんなものを作ってみたと言っていたな。まさか実戦投入されていたとは。おまえでも使えるのか？」

「私が持ってもただの縄ですので、網縄にして罠《わな》を設置しておきました」

「もしや、そこに賊が引っかかるのか？」

「はい。罠に差しかかると、山の獣は野生の勘ですっと避けるのですが、人間は面白いように捕まります。あの様子ばかりは、殿下にもお見せしたかったですよ」

「はは、そうか。なかなか愉快だな！　それは確かに見てみたかった」

アンドレアから現場の様子を聞くのはいつでも楽しい。

どういうことのない世間話をするときなどは、アンドレアは慎ましく一歩引いて話す感じなのだが、戦いや戦術の話などをしていると、次第に打ち解けてくる。

そうなると彼が従者だった頃のように、とても楽しく話が弾む。

アンドレアは五歳年上だが、王宮のほかはせいぜい城下しか世界を知らなかった少年時代のクラウスにとって、今でも兄弟でもあり友達でもあるような、ほかに代え難い特別な相手なのだ。

あのままの関係が、ずっと続くと思っていたのに。

「……殿下。そろそろお戻りにならなくてよろしいので？」

「え、もうそんな時間か」

あたりが少し暗くなってきた頃合いで、アンドレアはいつもクラウスに王宮へ戻るようながしてくる。楽しい時間は早いものだ。

でも今日は、できればもう少し話したい。クラウスはさりげない調子で言った。

「なあ、アンドレア。今夜、官舎のおまえの部屋に行ってもいいか？」

「は……？」

「もっとおまえと話をしたいんだ。朝まででもな。おまえのところに泊めてくれよ」

「なっ……！　と、とんでもない！　そのようなことはできかねます！」

アンドレアが明らかに狼狽《ろうばい》した様子で言う。

当然断るだろうとわかってはいたが、そこまで激しく拒絶しなくてもいいのに。

「なんだよ、そんなに慌てなくてもいいだろう？　前はよく、おまえの部屋で夜明かししたじゃないか？」

「ずいぶんと前の、まだ殿下が十代の初めの頃の話ではありませんか」

「今はどうして駄目なんだ？」

「それは……、おわかりでしょうに」

「わからないから訊いている。どうしてだ」

クラウスは思わず言って、やや自嘲《じちょう》気味に続けた。

「やはり、俺がオメガだからか？　見てくれは大人なのに発情期も来ない、半端なオメガだぞ？　皆が心配するような『間違い』なんて、起こるわけもないのにな」

自分からこういうことを言うのは、オメガであることを己自身が一番気にしているのだと、自らさらけ出しているみたいで、何かひどくみっともなく思える。

昔の気安さの名残なのか、アンドレアが相手だとついこんなことを言ってしまい、あとから自己嫌悪に陥ったりするのだ。

クラウスの身に起こったことは誰のせいでもない。この先も、自分にも誰にもどうしようもないことなのだと、いい加減割り切らなければならないのに、いつまでもぐずぐずと思い悩んでいる。

そんな自分の弱さをありありと感じて、ほとほと嫌になるのだ。

「……違いますよ、殿下。これはバース性の問題ではありません」

アンドレアが、ゆっくりと教え諭すような口調で言う。

そうしてクラウスの目の前に膝をつき、黒い瞳で真っ直ぐにこちらを見上げて、低く言葉を続ける。

「あなたと私とは、元より身分が違うのです。あなたの尊き御身は、今やヴァナルガンドそのもの。私はたまさか前国王陛下のお目に止まっただけの異邦の民であり、あなたを守る剣にすぎない。本来は、こうしてお声をかけていただくことすら恐れ多い立場の者です。少なくとも私は、ずっとそう思っておりますよ」

「アンドレア……」

そんなふうに思うことなどないのに。

クラウスはアンドレアの身分など気にしないし、それを理由にされるのは寂しくもあるのだけれど、彼の立場を考えると、そう言わざるを得ないのもわかる。

アルファとはいえ、アンドレアはこの国に生まれ育った者ではなく、貴族でもない。父王がアンドレアをクラウスの従者として取り立てたときも、騎士団に入団することになったときも、密《ひそ》かに反対する者はいたようだから、今や王国の今後を左右する存在となったクラウスが、いつまでも彼と子供時代のように親しく付き合うことを、快く思わない者もいるだろう。そしてアンドレアは、それに気づかぬほど鈍感でもない。

あまりわがままを言ってアンドレアを困らせるのは、こちらとしても本意ではない。クラウスはうなずいて言った。

「……わかっている。ちょっと言ってみただけだ。自分の立場はわきまえているさ。おまえの言いたいこともな」

さっと椅子から立ち上がり、自分はヴァナルガンドの王子なのだと、あえて意識しながらアンドレアの顔を見下ろす。

目線をそらすことなくこちらを見つめるアンドレアは、昔から変わらず、真心と忠誠心をそのまま形にしたようなたたずまいだ。澄んだその目を見ているだけで、彼の信頼を得るに足る立派な人間にならなければと、身が引き締まる思いがする。

と同時に――――。

（……昔と変わらず、忠犬みたいなのにな）

出会ったばかりのほんの幼い頃は、そんなふうに思って彼と接していたなと、ふと思い出す。

アルファ同士だったこともあって、楽しいときには一緒になって屈託なくはしゃぎ、哀しいときにはすがりつき、寒い夜は体を寄せ合って眠っていたのだ。

さすがに多感な年頃になってからは、そうした接触はあまりなくなったが、あれはあれで温かい思い出ではあった。

時の移ろいにかすかな寂しさを感じつつも、クラウスは言った。

「晩餐《ばんさん》の宴にはちゃんと来いよ？　遠征の慰労を兼ねた正式なものだ。話はまたそこでしよう」

「承知いたしました、殿下」

アンドレアがうやうやしく頭を下げる。

職人たちの仕事の邪魔をしないよう、クラウスは静かに工房を出ていった。

夕刻、王宮の大広間で晩餐会が開かれた。

「――――と、そこに再びヴァシリオス卿が切り込んで、浮き足だった山賊どもを平野へと追い立てることに成功したのです」

「あれほど見事な急襲は初めて見ましたぞ！」

「さすがは我らが百人隊長です！」

遠征に出ていた騎士団の幹部たちは、旅の疲れを見せることなく皆正装して出席し、山賊討伐の様子を事細かに語ってくれている。

話を聞いた貴族や重臣たちに絶賛されても、アンドレアは慎ましく謙虚な姿勢を崩さないし、内容も報告や本人から聞いた話とほとんど同じなのだが、何度も聞いているところまで気持ちが沸き立ってくる。

「では、今回の作戦の功労者……、もっとも手柄を立てたのは、アンドレアということでいいのかな、騎士団長？」

クラウスが訊《たず》ねると、騎士団長がうなずいて答えた。

「その点については、誰も異存はありますまい」

「そうか。では褒美を取らせねばな。どうだ、何か欲しいものはあるか、アンドレア？」

「……そのような。私はクラウス殿下のご提案のとおりに行動したまでですので……」

アンドレアが固辞するが、騎士団長が横合いから言う。

「奥ゆかしいのはけっこうだが、ここは素直にお受けすべきところではないかと思うぞ、ヴァシリオス卿。ときに、クラウス殿下は、ヴァシリオス卿ならば崖を駆け下りられると、最初からそうお考えだったのですか？」

「まあ、そうだな。アンドレアの愛馬は強い。加えてシレアの民であるアンドレアならば、騎士として馬の力を最大限に引き出し、人馬一体化することもできようと、それくらいは考えたかな」

「さすがは殿下です！　ヴァシリオス卿は、まさに王国騎士団の至宝と言えましょう！」

宰相のアスマンが話にうなずいて言って、アンドレアに告げる。

「ときに……、いかがかな、ヴァシリオス卿。そろそろ、結婚を考えては？」

「結婚、でございますか？」

「おお、私も宰相殿に賛成ですぞ。王国貴族のオメガがよいのでは？」

「それはよい！　ぜひそうなされよ。貴殿はアルファなのだから、やはり番を得てこそですぞ！」

貴族たちが同調したようにそう言うものだから、アンドレアは少し驚いたように目を丸くしている。

まあそれも無理はないだろう。クラウスの知る限りアンドレアには浮いた噂一つなく、まだ身を固めるつもりもないようだった。

一方アスマンや貴族たちがアンドレアに結婚をすすめるのは、貴族と姻戚《いんせき》関係を結ぶことによって、異邦人の彼に、実績に見合うだけの地位と後ろ盾をつけさせてやりたいという意図もある。

でもアンドレアがそういう露骨な政略結婚を望むかというと、正直言って微妙な気がする。彼はなんと答えるのだろうと見守っていると、アンドレアが首を横に振った。

「私など、まだまだ若輩者です。結婚などとてもとても」

「そのようなことはありますまいに。ご年齢を考えても、よき頃合いと言えますぞ？」

「しかし、私はまだ……」

やんわりとその気はないと告げるけれど、周りの貴族たちも引かない。

ふと気になって、クラウスは口を挟んだ。

「アンドレア。おまえ、誰か好いた相手はいないのか？」

「なっ？」

「皆の言うとおり、おまえくらいの年のアルファならば、もう所帯を持っている者が多い。もしや、すでに誰か心に決めた相手でもいるんじゃないのか？」

面と向かって訊いたことはなかったが、実際どうなのか前から多少知りたくはあった。

いい機会だと思い訊ねたのだが、アンドレアが今までに見せたことのない、驚愕《きょうがく》しきったような表情を見せたから、珍しいものを見たと逆にこちらが驚かされた。

顔の前で両手を振って、アンドレアが言う。

「めっそうもない！　そのような方がいるはずもございません！」

「なんだ、やけに慌てているじゃないか。怪しいなぁ？」

「怪しく、など」

「隠すなよ、言ってみろ。おまえほどの色男だ。遠征先で遊んだ経験の一つや二つあるのではないか？」

「な……、にを、おっしゃって……っ」

あけすけに質問しすぎたのか、アンドレアが目を見開いて固まる。

それからその精悍《せいかん》な顔に、かすかな赤みが差したので、これもまた珍しく思ってまじまじと顔を見ていると、やがてアンドレアが、はっと周りを見回した。

貴族たちも騎士団の幹部たちも、皆興味津々といった顔つきだ。

アンドレアの顔がますます赤みを増していく。

「……か、隠してなど、おりません。私は、そのようなことには、疎く……」

途切れ途切れに答えるアンドレアは、まるでうぶな少年のようだ。

誰よりも勇敢で強靭《きょうじん》な騎士ではあるが、もしやアンドレアには、恋愛や性的な行為の経験などはないのか……？

「ほほう、これはこれは。百人隊長殿は、なかなかに禁欲的なのですな？」

「それがあの強さにつながるのでしたら、よき心がけと言えなくもないでしょうが……」

「色恋の豊かさを知れば、さらに勇壮な騎士となられるかもしれませんな？」

何かほほえましいものでも見たように、貴族たちが言い合う。

アンドレアは消え入りそうな顔をしているけれど――。

（もしかして、アンドレアを「夜伽役」にしたらいいんじゃないか？）

アンドレアがこんなにも奥手だとは知らなかったが、クラウスとしても、まだアルファに抱かれる心の準備ができていないのだ。

それなら、うぶなアンドレアをとりあえずの「夜伽役」として立てておけば、しばらくはアルファに抱かれなくてもすむのではないか。公認で一緒に過ごす時間を確保することもできるし、クラウスにとってはうってつけの相手ともいえる。

自分でも予想外の発想だったが、悪くない思いつきじゃないだろうか。

クラウスはうなずいて言った。

「アンドレア、つまりおまえには、今特に心を通わせている相手はいないのだな？」

「は、はい、そのような方はおりません」

「そうか。ではちょうどいい。おまえが俺の『夜伽役』になれ」

「……はっ？」

「俺には竿役のアルファが必要なのだ。知っているだろう？」

クラウスの言葉に、今度は大広間が騒然となる。アスマンが慌てふためいて言う。

「殿下っ！　な、何を、突然何をおっしゃっているのですか！」

「何を、とは？　おまえも昼間、俺にそうするようすすめていたではないか」

「それは確かにそうでございますが……！」

アスマンが口ごもると、別の重臣が言った。

「クラウス様、『夜伽役』というのは、もっとこう、年長の、既婚のアルファがつとめるのが慣例であります」

「そうなのか？　しかし、それでは伴侶が気の毒であろう。よし、その慣例は俺がたった今ここで廃止しようじゃないか」

「し、しかし！　殿下のお相手となれば、生半可な覚悟でできるおつとめではないのですぞっ？　やはり、それなりの経験を持った者でなければ」

「さよう！　もしも予期せず発情が始まってしまったら、大変なことになります」

次々と、重臣たちが懸念を示す。

だが反対されるほど、ますますアンドレアがいいと思えてくる。

「経験はともかく、アンドレアならひとまず気心は知れている。途中で発情したとしても、嚙《か》まれなければ特に問題はない。そうだろう？」

クラウスは言って、きっぱりと続けた。

「俺はもう決めたのだ。できれば今夜からでも始めたい。いいな、アンドレア？」

「……クラウス、様……」

先ほどまで赤かったアンドレアの顔は、一転してどこか青みがかっている。

アンドレアのそんな顔を見られただけでも、この思いつきは成功かもしれない。

皆が動転しているのをほんの少し痛快に感じながら、クラウスは悠々とワインを飲んでいた。


その後も貴族や臣下の者たちから考え直すよう言われたが、クラウスはことごとくそれをはねつけ、王宮の北の塔に床を用意させた。

途中から、自分は何か少し意固地になっているのではないかとうっすら思いもしたけれど、我が身に課せられた責務の重大さを考えたら、このくらいのたわむれは許してほしいという気持ちもある。

だがもちろん、アンドレアに無理をさせるつもりはない。こちらの心の準備ができたら、その時点で色事に長けた別の者に代わってもらえばいいだろう。

今はただ、時間が欲しい。アンドレアと昔のように気楽な時間を過ごし、朝までゆっくり話をしたい。本当に、ただそれだけなのだ。

「……ん？　この匂いは、なんだ？」

静かな北の塔にしつらえられた寝室の、窓辺に置かれた長椅子に腰かけて外を見ていたら、どこからかほんのり甘い香りが漂ってきた。

とてもかぐわしく、なぜか少し呼吸が速くなるその匂いは、麝香と呼ばれる古くからある香料に似ている。いったいどこから流れてくるのだろう。

「ヴァシリオス卿がおいでになりました、クラウス殿下」

部屋の外から、小間使いの声がする。

通すよう命じると、部屋のドアがゆっくりと開いた。

「来たな、アンドレア。おまえを待って……」

至って気軽な気持ちで出迎えの言葉をかけようとしたのだが、麝香のような甘い香りがふわりと鼻腔《びこう》に広がったから、途中で口をつぐんだ。

入り口を見るとアンドレアが立っていて、緊張した面もちでこちらを見ている。

どうやらこの匂いは、そちらから香ってきているようだ。

「アンドレア・ヴァシリオス、お召しにより参上いたしました、クラウス殿下」

「……っ……？」

低く発せられたアンドレアの声に、どうしてか胸が高鳴るのを感じたから、クラウスは思わず瞠目《どうもく》した。

まじまじとアンドレアの顔を見てみるが、聞き慣れた声がどうしていつもと違って響いたのか、その理由はよくわからない。

アンドレアは、おそらく身を清めてから来たのだろう。黒髪はまだいくらか濡《ぬ》れており、ろうそくの明かりに照らされてつやつやして見える。

服装は騎士団の隊服ではなく、王宮に参内するときにまとう正装でもない。ありふれた麻のチュニックにマントを羽織っただけの、至って地味な格好だ。

先ほど鍛冶工房で話したときや晩餐会の席での彼と、いったいどこがどう違うのかと問われると、答えるのは難しい。

だがアンドレアのたたずまいは、いつもとはどこか違う印象だ。

かすかな混乱を覚えていると、アンドレアが控えめな口調で訊いてきた。

「お部屋に入ってもよろしいでしょうか、殿下？」

「え……？　あ、ああ、もちろんだ。入れ」

我に返ったようにそう言って、アンドレアを部屋に通す。

窓辺の長椅子、低いテーブルにゆったりとした肘かけチェア、そして天蓋付きのベッド。

調度品の一つ一つに目を向けながら、アンドレアがこちらにやってくる。

彼が近づいてくるのに従い、例の麝香のような甘い匂いが濃くなってくる。

もしやアンドレアは、香水か何かをつけているのだろうか。

「悪かったな、アンドレア。あんな席で、急に妙なことを命じて」

「妙……、とは思いませんでしたが」

「でも、驚いただろう？　いきなり『夜伽役』だなんて。色恋の経験を訊ねられて、おまえが真っ赤になってるのを見てたら、なんとなく思いついてしまってな。おまえの意向も確かめず、申し訳なかった」

「いえ、お気になさらず。このような大役をおおせつかったからには、この身のすべてを尽くしてつとめを果たす所存でおりますので」

「はは、おまえは本当に真面目な奴だな。けど、そんなに気負われるとやはり気が咎《とが》めるぞ？」

「は……、それはまことに、申し訳ありません……」

こちらの言葉の一つ一つを真剣に受け取るところは、アンドレアのとても信頼できるところだが、たわむれにしても、ベッドを共にせよと命じられたのだ。アンドレアもさすがに困惑しているだろう。本気でそうしてもらうつもりはなく、ただ朝までここにいてくれるだけでいいと、きちんと説明してやらなくては。

クラウスはそう思い、テーブルの傍にたたずむアンドレアに近づいた。

すると――――。

「っ……、おまえ、ずいぶん匂いのきつい香水をつけてきたんだな？」

「香水……？」

「でなければ、香油か？　匂いを嗅いだだけで、なんだかクラクラしてくるぞ？」

匂いのせいなのか、こめかみのあたりがひくひくと脈打つのを感じながらそう言うと、アンドレアが怪訝《けげん》そうな顔をした。

それからああ、と何か納得したような声を出して、アンドレアが言った。

「どちらもつけてはおりませんよ、殿下。それはおそらく、『私の匂い』ではないかと」

「おまえの？」

「今回のつとめに際し、アスマン様に教えていただいた薬草酒を飲んで参りました。その薬効のために、私の身がいくらか昂っているせいでしょう」

「……そう、なのか……？」

「申し訳ありませんが、私自身にも、そしてほかのアルファや、ベータにも、それがどのような匂いなのかはわかりません。ですが、ほかならぬ殿下ご自身がそれを感じ取っておられるのであれば……、おそらく、間違いないのではないかと」

微妙に言葉を選ぶように、アンドレアが言う。

つまりこの匂いは、アンドレア自身が発しているアルファフェロモンの匂いだということなのか。

（俺が、オメガになったからか）

昔はアルファ同士だったから、アンドレアの匂いなど感じることはできなかった。

なのに今はこんなにもはっきりと、しかも自分だけが、その匂いを認識している。

こんな形で自分がオメガであると知らしめられたのは初めてだったから、その事実に愕然とする。

思わず言葉を失っていると、アンドレアがすっとひざまずき、クラウスの手を取って指に口づけてきた。

「殿下。このヴァナルガンド王国の末永い繁栄のため、我が身を捧げられることは、私にとって何よりの誉れです」

「アンドレア……」

「『尊き行いは皆のために』。シレアの民である私が、幼い頃から言い聞かされてきたことでもあります。亡くなられた前国王陛下のご恩に報いるためにも、すべてをかけて尽くすことをお約束いたします」

「……」

「夜伽役」を命じたのはほんのたわむれで、本気ではなかったのだと、そう言おうとしたけれど、言葉が出なかった。

自分にも父王にも、心からの忠誠を誓ってくれているアンドレアの決意を前に、今さらどうしてその気はなかったなどと言えるだろう。

でもそうかといって、このままアンドレアに抱かれるというわけにも……。

「殿下。今のお体の調子は、いかがです？」

「えっ。ええと、悪くは、ないが」

「ご気分も？」

「悪くない」

「では……、失礼いたします」

「わっ、な、何をっ……！」

立ち上がったアンドレアが、いきなりクラウスの体をひょいと横抱きにし、そのままベッドのほうに歩き出したから、驚いておかしな声が出た。

今まで、誰かにこんなふうに軽々と抱き上げられて運ばれたことはない。

思いがけず動転しているクラウスに、アンドレアがこともなげな様子で言う。

「お気に召しませんでしたか。伴侶を新床に導くのはアルファの役割だと、そのように言いつけられているのですが」

「なっ！　俺は、伴侶では……」

「ええ、もちろんそのような恐れ多いことは考えておりません。ですが、つとめの内実を考えれば、ここは結婚初夜を模倣すべきでは、というご助言がありまして」

「結婚初夜、だと？」

そう来るとは思わなかったので、驚いて顔を凝視すると、アンドレアの頬《ほお》がほんのり朱に染まった。

「その……、なにぶんこうしたことをするのは、初めてですので……。どのように振る舞うべきか、年長の方々に教えを請うたのです」

そう言ってアンドレアが、にこりと微笑む。

「ご安心を。このアンドレア、殿下を取り落としたりはいたしませんので！」

むろん、そんな心配はしていない。

初めてならばどうしたらいいのか人に訊くのは当然だし、誰に何を訊いたのだとしても、彼の身の回りに間違った知識を吹き込むような者はいないということもわかっている。

だがクラウスも十七まではアルファだったわけで、性愛に関する知識だけは一応ある。

「新床に導く」というのは、おそらく床に入るきっかけをアルファのほうから出す、という程度の意味で、こうして抱き上げてベッドに連れていくということではないのではないか。

それとも、実際のアルファとオメガの行為では、これが普通なのか……？

予想外のやり方でベッドに連れてこられてしまい、行為を拒むきっかけを失っている間に、シーツに優しく横たえられた。

寝具からは官能的な薔薇水の香りがする。頭の上の宮棚には、結び合うために使うのであろう、オイルが入ったガラス瓶が置かれている。

いよいよ、本当のことが言いづらくなってきた。

「……失礼します」

アンドレアがマントを脱ぎ、ベッドに乗り上げてくると、彼の匂いでくらりとした。

うっとりするほど甘い、アルファフェロモンの香り。

もうそれだけで、何か体の奥のほうが疼いてくるような気がする。下腹部も熱くなってきて、今にも自身がもたげそうだ。

加えて、後孔やその奥にも何か常にない感覚がある。

オメガの体が、アルファにこんなふうに反応するなんて知らなかった。自分がどうなってしまうのかわからなくて、ひどく不安になってくる。

「大丈夫ですか、殿下？」

「え」

「震えておいでだ。不安、なのですか？」

アンドレアがいたわるように言って、優しく続ける。

「でも、これは命あるものが等しく繰り返してきた営みです。何も思い煩うことはありません。どうぞ私に、御身を委ねてください」

みしりとベッドをきしませて、アンドレアがクラウスの脚をまたぐ。

そうしてこちらを見下ろしたまま、さらりと衣擦《きぬず》れの音をさせてチュニックを脱ぎ、下《した》穿《ば》きだけになった。

「っ……」

想像していたよりもずっと大きく、たくましい体に、思わず息をのむ。

アンドレアがクラウスの従者を解任になり、騎士団に入ってから、まだ三年しか経っていない。なのに肩も胸も、二回り以上は大きくなっているのではないか。

左の鎖骨の下、胸筋の上部に彫られた「戦士の証し」の刺青も、心なしか昔よりも目立って見える。

(こんな立派な体に、成長したのか！)

クラウスがなり得なかった、すっかり成熟した大人のアルファ。

それも、鍛え上げられた戦士の肉体だ。組み合えば手もなくねじ伏せられてしまうだろうと、触れずとも見ただけでそれがわかる。バース転換せずにアルファのままだったとしても、自分はきっともう、力で彼に勝てないだろう。

そう思うと何か少し怖くも感じるのだけれど。

「服を緩めても、よろしいですか」

聞き慣れたアンドレアの穏やかな声。

でも、やはり何かいつもと違う響きを持って耳に届く。彼の匂いとともにクラウスに絡みついて、頭の芯《しん》をジンとしびれさせてくる。

恥ずかしさやいたたまれなさはあるが、じわじわと思考が麻痺《まひ》していくのが感じられ、体からも力が抜けて、震えも徐々に収まってくる。

彼にならば、身を委ねても大丈夫。まるでオメガの体が、本能でそう感じているかのようだ。

こくりとうなずくと、アンドレアがクラウスの衣服に触れ、脱がせてきた。

「……あ……、ま、待て、まだ、上だけでっ……」

チュニックを脱がされ、上半身裸になってみると、一度に全裸にされるのに抵抗を感じた。下穿きを緩めようとしていたアンドレアが、手を止めて言う。

「わかりました。あなたの上体にならば、触れてもよろしいですか」

「……ああ」

おずおずと答えると、アンドレアがすっと手を伸ばしてきた。

「……っ！」

顎《あご》のラインにそっと触れられ、チョーカーをつけたままの首、そして鎖骨のくぼみまで、つっと指を這《は》わせるように撫でられて、体がびくりと震えた。

見つめられているのが恥ずかしくて、思わず目をぎゅっと閉じると、アンドレアが身を寄せる気配があった。

彼の息がかすかに肩にかかり、左の鎖骨にちゅっ、と温かいものが押し当てられる。

「ぁ……」

触れたのは、彼の口唇か。喉元《のどもと》や首筋、耳の裏、耳朶《みみたぶ》など、皮膚が薄く敏感な場所に、順にキスが落とされる。

誰かにこんなふうに触れられたのは初めてだが、ぬくもりと柔らかさが思いのほか心地よくて、胸がドキドキしてくる。

「こうして触れられるのは、不快ではありませんか？」

「……大、丈夫……」

「口唇に、口づけても？」

「っ……、かまわ、ない」

目を閉じたまま答えると、そっと頬に手を添えられ、口唇にキスをされた。

「……ん……ン……」

クラウスの引き結んだ口唇に、アンドレアがちゅ、ちゅと何度も優しくついばむように口づけてくる。

雄々しく力強い体軀《たいく》に比して、触れる口唇の感触はとても柔らかい。クラウスよりもいくらか温かく、重なるたびじんわりと熱が伝わってくる。

（口唇って、こんな感触なのか）

知識はあっても、アルファとしてはもちろん、オメガになってからも、それを実践する機会はなかった。王族の直系の王子であるクラウスは、特に身を慎んで暮らしてきたため、たわむれにキスしたことすらもなかったのだ。

晩餐会での様子からは、アンドレアもそうなのだろうと思ったのだけれど。

「……っ、ぁ……」

閉じた口唇の合わせ目を、アンドレアがちろりと舌でなぞってくる。

熱い舌先の潤んだ触感に思いがけず官能を刺激され、知らず結んだ口唇を緩めると、口腔《こう》に彼の舌がぬるりと滑り込んできた。

「は、ンん……」

舌同士が触れ合い、かすかに濡れた音がする。

初めて味わう、他者に身の内を探られるような感覚。

舌下をまさぐられ、上顎をねろりと舐《ねぶ》られると、体に侵入されているのを感じてぞくりと背筋が震えた。戸惑う舌を口唇で食《は》まれ、ちゅるりと吸われたら、全身の肌がざあ、と粟立《あわだ》った。

でも、嫌な気持ちはしない。

おずおずと彼の口唇を吸い返し、舌を重ねて絡めると、まるで二人がそこから溶け合っていくみたいで、何やら淫靡《いんび》な気分になってきた。

（これが、キスっ……）

想像していた以上に甘美で、もうそれだけで体が昂ってくるのを感じる。体の芯がじわりと熱を帯びてきて、下穿きの中でクラウス自身も形を変え始めたのがわかった。

アルファだった頃は、折に触れそこがそうなるのはごくありふれたことだったが、オメガになってからは性欲そのものが減退したのか、何につけ反応が薄かった。

それがキスだけで、こんなふうになるなんて。

「……ぁ、ふっ、ん、む……」

キスでクラウスの欲情を目覚めさせながら、アンドレアが大きな手で胸や腹を撫でてきたので、知らず吐息がこぼれた。

アンドレアの手は、指先も手のひらもとても肉厚で、ふっくらとしている。

荒々しく大剣を振るうその手で、そっと優しく、まるで壊れものに触れるかのように肌を撫でられるのは、何か少し倒錯した悦《よろこ》びがある。

キスと愛撫《あいぶ》とで意識が蕩《とろ》けたようになり、呼吸が震え始めると、アンドレアがクラウスからゆっくりと口唇を離した。

恐る恐る瞼《まぶた》を開いたら、アンドレアの精悍な顔がこれ以上ないほど間近にあった。

「……息が乱れてきましたね、殿下」

「う、ん？」

「肌も、しっとりと潤んできた」

「は……、あぁ」

黒い瞳で顔を見つめたまま、アンドレアがクラウスの肌をまさぐるように撫で回す。皮膚が汗ばんできたのか、彼の手のひらが吸いついてくるようで、心地よさにビクビクと身が震えてしまう。

アルファにキスをされ、肌に丁寧に触れられると、オメガの体はこんなふうに感じてしまうのか。

初めて体験する自分の体の反応に戸惑い、かすかな羞恥を覚えていると、アンドレアがふふ、と小さく笑って、懐かしそうな声で言った。

「敏感なのですね、あなたは。昔からそうだ」

「む、かし……？」

「湯殿で体を洗って差し上げると、いつもとてもくすぐったそうにしていらっしゃった。殿下は、感じやすいたちだったのですね？」

それは果たして情交における感じやすさと同じものなのだろうかと、ほんの少し疑問に思ったけれど、指先で皮膚を引っかくようにされたらそれだけで吐息が揺れ、下腹部の底のほうがヒクヒクと震え動くのがわかった。

別にオメガの体になったからではなく、自分は元々敏感で、体を愛撫されて感じているだけなのだろうか。

「ここも、こんなふうになっていますよ？」

「あっ！　んっ、や、そこっ……！」

いつの間にかツンと硬く立ち上がっていた両の乳首を指先でつままれ、くにゅくにゅといじられて、腰がビクンと弾む。

そこが感じる場所だなんて知らなかったが、指で転がすみたいにもてあそばれると、背筋をなじみのあるしびれが駆け上がった。

これは間違いなく快感だ。自身もすぐに反応して、欲望の形になって己を主張してくる。勃《た》ってしまったことに気づかれたくなくて、もぞもぞと腰を動かして誤魔化《ごまか》してみるけれど。

「は、あっ、ああっ、そ、なっ」

アンドレアが左の乳首に口づけ、舌でねろねろと舐《な》め回し始めたから、新鮮な快感に身《み》悶《もだ》えする。

乳首は肌よりもはるかに敏感で、先端や回りの輪をざらりとした舌で舐られるたび、自分のものとは思えないほど甘ったるい声が喉からこぼれる。

右の突起も同じようにされ、くるくると指の腹でもなぞられると、そこは徐々に赤みを帯び、ぷっくりとしてきた。

「ああ、まるで熟れた木苺《きいちご》みたいですね」

「っ……？」

「肌も新鮮な桃のように色づいて……。とても綺麗ですよ、殿下」

「綺、麗とかっ」

綺麗だなんて、今まで生きてきて初めて言われた。

オメガに対してそのように言うことはあるが、自分への評価としてそれはどうなのだろうと、何かすんなりのみ込めぬものを感じるけれど、アンドレアはからかうふうでも揶揄《やゆ》するふうでもない。

でも、彼が何か美しいものを愛《め》でるのを聞いたことがなかったから、こんなにも甘い台詞《せりふ》をいったいどこで覚えたのかと、こちらがじわじわと恥ずかしくなってくる。

「あなたのここも、もう形を変えていますね」

アンドレアが、クラウスの下穿きに覆われた下腹部に目を向けて言う。

「このままでは苦しいでしょう。そろそろ、お脱ぎになったほうがいい」

「……あっ……！」

下穿きに手をかけられ、そのまますするりと脱がされて、かあっと頬が熱くなった。

露《あら》わになったクラウス自身は、すでにしっかりと勃ち上がっている。慌てて手で覆い隠すと、アンドレアが微笑んで言った。

「お隠しにならないでください、殿下」

「で、でもっ」

「あなたを心地よくしたいのです。私のこの手で」

「……ぁ、あん……」

クラウスの手の隙間《すきま》から、アンドレアが指をそっと差し入れて、欲望の在処《ありか》を探る。

そうしながらクラウスの脚を開かせ、腿《もも》の内側に口唇を押し当てて、脚の付け根のほうに向かってちゅ、ちゅ、と吸いついてきた。

少し強めに吸われたのか、彼の口唇が触れた場所がジンと熱を帯びる。

やがて口唇が鼠蹊部《そけいぶ》に達すると、アンドレアが上目でこちらを見つめて言った。

「殿下のここにも、キスをさせてください」

「アン、ドレア」

「私にあなたの体を愛させてほしい。どうか、お願いです」

まるで哀願するみたいな目つきと口調とに、きゅんと胸が疼く。

彼が「夜伽役」であることを考えれば、どちらかといえばクラウスのほうが、抱いてほしいとお願いすべき立場だ。

なのに自分は、いつまでもためらいを振り払えずにいる。それは一国の王子としても一人の人間としても、なんとも潔くない態度ではないか。

かつてはアルファだったが、今の自分はオメガだ。しかも発情期が来なくて、体の成熟をうながすためには別のアルファに手助けしてもらわなくてはならないのだ。

こうなったからには、もうアンドレアに身を委ねるしかない。

クラウスはなんとかそう思い、おずおずと両手を離した。

手で隠されていた場所に目を落として、アンドレアがうなずく。

「……ああ、思ったとおりだ。あなたのここも、とても綺麗です」

「ふ、ぁっ……」

アンドレアがクラウス自身に手を添え、幹に優しく口唇を押し当てる。

それだけで硬い欲望がビンと跳ね、切っ先がぬらりと濡れた感触があった。

どうやらクラウスは、もうそこを透明液で潤ませているようだ。

「……殿下、その……。つかぬことを、お聞きしても？」

「……なん、だ？」

「もしや、あなたのここがこうなっているのは、久しいことなのではありませんか？」

「なっ……？　なぜそんなことがわかるっ？」

「なぜと問われると、お答えするのが難しいのですが、私にはそう感じられるのです。あなたの体は、まるで春先に溶け始めた凍土のようだ。今までは、まるで命の息吹が冷たく凍りついていたかのような……」

アンドレアが思案げに言う。わかるようなわからないようなたとえだが、久しく性欲を感じることなどなかったのだから、それはある意味とても正しい。

でも、初めてなのに触れ合っただけでそんなことがわかるものなのか。アンドレアは「夜伽役」のつとめを初めてだと言っただけで、本当は経験が豊富なのでは……？

「……おまえ、本当に初めてかっ？」

「もちろんです」

「じゃあ、どうしてそんな……？」

「幼い頃からともに過ごしてきた殿下のお体のことは、私にはよくわかるのです。オメガになったからといって、それは変わりませんよ」

アンドレアが安心させるように言って、薄く微笑む。

「あなたの体は、長い眠りから目覚めたばかりのような状態です。結び合う前に、まずは体に悦びを思い出させて差し上げることにしましょう」

「な、にを……？　ぁ、ああ、そ、んなっ……！」

アンドレアがこちらを見つめたまま、クラウス自身に指を絡め、ゆっくりとしごき始めたから、上体がビクビクと跳ねた。

最後にそこを自分で慰めたのは、まだアルファだった頃ではなかったか。

どう触れれば気持ちがいいかということすら、自分でももう忘れてしまっていたのに、アンドレアは巧みに指を絞りながら、クラウスを快感で追い立ててくる。

体が悦びで沸き立って、愉悦の声が止まらない。

「は、ぁあ、ぅう、や、ぁ……！」

そういえば、「シレアの戦士」は魔法を持たない代わりに、心身を鍛錬し、限りなく感覚を研ぎ澄ませるのだと言われている。それゆえに、自分や他人の心身の状態を鋭敏に察知することができるのだと、昔父王から聞いたことがあった。

アンドレアがこの国に来たのは十歳のときだが、物心ついた頃から戦士になるべく育てられてきた彼の胸には、もうすでに「戦士の証し」の刺青が彫られていたのだ。

思い返してみれば、父王が亡くなったときも、その数日前に風邪《かぜ》気味だと言って床に伏しているときから、アンドレアはまるで死期を悟っていたかのように、何やら沈痛な顔をしていた。

クラウスがオメガに転換したとき、ほかの誰よりも早く異変に気づいたのも、きっと彼の能力ゆえだろう。

だとすれば、今、クラウスが身体的な刺激に対してどのように反応しているのか、もしかしたらアンドレアには、クラウス本人よりもよく見えているのかもしれない。

先端から劣情の証しの透明液があふれ始めると、アンドレアは手の動きを速め、それを幹に絡めた。

しごかれるたびくちゅくちゅと卑猥《ひわい》な水音が立って、耳からも攻め立てられる。的を射た指の動きに、やがて腹の底のほうがヒクヒクとしてきて……。

「あ、あぁっ、ぃ、くっ、達く、うぅっ――――！」

こらえる間もなく、クラウスの欲望のスリットからビュク、ビュク、と勢いよく白蜜《しろみつ》が吐き出される。

腹の奥がきゅうきゅうと収斂《しゅうれん》する感覚。自ら放ったものの生ぬるさ。

久しく経験していなかった射精の愉悦に、目がくらみそうになる。しかもそれが他者、よりによってアンドレアの手によるものだなんて、羞恥でどうにかなりそうだ。

「見、るなっ……」

「なぜです？」

「恥ずかしい、だろうがっ」

「そのように感じることはありませんよ。喜悦に浸るあなたは、とても美しいのですから」

「……なっ、ん……？」

「綺麗」の次は「美しい」とは、もう恥ずかしいのを通り越して気が遠くなってくる。快楽にのまれた自分の姿が美しいだなんて、とても思えないのに。

人には到底見せられない醜態をこんなにも間近で見られ、半ば放心状態になっていると、アンドレアが飛び散った白蜜をリネンでさっと拭《ぬぐ》い清めた。

汗で額についたクラウスの前髪を優しくかき上げて、アンドレアが言う。

「素敵でしたよ、殿下。体も潤んできたようですね」

「潤ん、で……？」

一瞬何かのたとえだろうかと思ったが、今度は自分でも思い当たることがあった。

オメガの体は、アルファの巨大な雄を受け入れるため柔軟にできており、後孔は自《おの》ずから濡れ、みずみずしく花開いていくものだと聞いている。

力の抜けた両脚を持ち上げられ、M字に開かれると、後孔とそれに続く肉筒がヒクヒクと震え動いているのが感じられた。

今まで誰も触れたことのないクラウスの秘められた場所に、アンドレアが指先でそっと触れてくる。

「あっ……」

「あなたのここは、まだ硬く閉じていますね」

アンドレアが思案げに言って、そこをくるりと指でなぞる。

「でも、やや熱を帯び始めているようだ。中まで具合を確かめてみますから、なるべく力を抜いていてください」

そう言ってアンドレアが、宮棚からガラス瓶を取り、中に入ったオイルを手のひらに垂らす。それを指で握るようにして手になじませてから、再び後孔に触れてきた。

「ぁ、んっ、はぁ、あ……」

閉じた窄《すぼ》まりをオイルで濡れた指でほどくように撫でられて、また息が乱れる。

こういうことになるまで知らなかったが、どうやらそこも感じる場所のようだ。指でこすられると腰にしびれが走り、外襞《そとひだ》はヒクヒクと蠢動《しゅんどう》する。

気を抜くとおかしな声を発してしまいそうだったから、シーツをつかんで懸命にこらえていると、やがてアンドレアが小さくうなずいて言った。

「閉じていた襞が、柔らかくほころんできました。中に指を挿《い》れてみますよ?」

「あっ、ぅう!」

生ぬるく濡れた感触とともに、アンドレアの指がくぷりと孔に入り込んでくる。

硬い指先の異物感にざわりと肌が粟立つけれど、オイルのおかげなのか、ひきつるような感じはない。思いのほか滑らかに付け根まで沈められて、ほどかれた外襞の縁に彼の指の股《また》が触れたのがわかった。

アンドレアがああ、と小さく息を洩らして告げる。

「あなたの中、やはりもう潤んでいますよ。奥のほうまで、とろりとして……、わかりますか?」

「やっ、ぁあ、あ」

指で肉筒を緩くかき混ぜられて、裏返った声が出た。

体の中に直接触れられているのだと思うとぞくりとするけれど、アンドレアが言うように、クラウスのそこはすでにかなり潤んでいるようだ。中を探るように指で内壁をこすられ、押し広げるように動かされるたび、くちゅくちゅとかすかな水音が立つ。

オメガなら当然の反応だが、こんなにも顕著だとは思わなかった。

オイルを注《つ》ぎ足しながらもう一本指を挿入され、二本の指で甘くかき回されたら、そこはますますとろとろと濡れ、肉襞も甘く蕩けたようになり始めた。

これならばと見て取ったのか、アンドレアがそのまま、二本の指をそろえてゆっくりと出し入れし始める。

「ふ、ぁあっ、あ……」

身の内を開かれ、暴かれていくような感覚に、声が震える。

そこをそんなふうにされるのは、もちろん生まれて初めてのことだ。アルファの王子のままだったら、この先も一生経験することはなかったかもしれない。

今はまだ指だけだが、ここにアンドレアのものを挿入されるのだ。

屈辱感などはないけれど、雄を受け入れ、子種を注がれて子を孕《はら》まされるバース性になってしまったことに、どうしようもなく戦慄《せんりつ》してしまう。

「ひぁっ！」

腹の底で、何かがいきなり爆《は》ぜたみたいに感じたから、クラウスはビクンと身を震わせた。アンドレアが指の動きを緩め、こちらを見つめて注意深く訊いてくる。

「どうしました、殿下？」

「な、何か、変なところが、あったっ」

「変、とは、どのような？」

「触られると、叫び出しそうな……っ」

「……もしや、このあたりでしょうか？」

「あっ！　そ、そこっ、やっ……！」

内腔の前壁のあたりに、指で触れられると叫び出しそうなほど敏感な場所がある。

思わず腰を引いて逃れようとしたが、アンドレアはそうさせてくれず、指でそこをなぞり上げてきた。

「は、ぅうっ！　やっ、そ、こっ、ぁあ、あああ！」

敏感などという言葉ではとても言い足りないことに、叫び身悶えながら気づかされる。いったいどういう場所なのか、アンドレアの指の腹がそこに優しく触れるだけで、凄絶《せいぜつ》な快感が背筋を駆け上がる。

先ほど達したばかりのクラウス自身もまた昂りの兆しを見せ、切っ先からは白蜜の残滓《ざんし》とともにたらたらと透明な愛液がこぼれて、腹に糸を作って滴り落ちてきた。

アンドレアが笑みを見せて訊いてくる。

「ここが、あなたのいいところなのですね」

「い、い、とこ、ろ?」

「殿下はとても甘い体をしておられるようだ。この『夜伽』のつとめも、これならば遠からず実を結ぶことでしょう。私にとって、これ以上の喜びはありません」

心から嬉しそうに、アンドレアが言う。

目の前のクラウスの痴態にも、彼は少しも動じている様子はない。こちらばかりが乱れさせられるのは、なんともいたたまれない気分だ。

アンドレアが後ろから指をするりと引き抜くと、蜜で潤んだ肉襞が何やら物欲しげにヒクつくのまでが感じられて、頭がかあっと熱くなった。

察したように、アンドレアが告げる。

「頃合いのようだ。そろそろ、つながりましょうか」

アンドレアがベッドの上に膝立ちになり、こちらを見下ろしたまま下穿きを緩める。

両手をクラウスの膝裏に添えて押し上げ、上体をこちらに傾けて、アンドレアが告げる。

「あなたの中に入ります。体の力を、抜いていてください」

「……うぅ、あっ――――」

ほどけた後孔に熱くて硬いものが押し当てられ、中へと沈み込んできたから、たまらず喉奥でうめいた。

経験したことのない大きさと、熱。

体を浸食されている感覚が生々しくて、全身の皮膚からどっと冷や汗が出てくる。

アンドレアの見立てのとおり、痛みなどはないけれど、あまりの圧入感に息もできない。

じわり、じわりと孔が大きく開かれていくにつれ、持ち上げられた両脚がぶるぶると震え出した。

それが伝わったのか、アンドレアが気づかうように訊いてくる。

「おつらいですか?」

「つら、くはっ……、でも、こん、なっ……!」

「ご安心を。あなたのここは、私をちゃんと受け止めてくれています。ほら、もう先があなたの中に沈みますよ?」

「あ、あっ!」

ぐぷり、と卑猥な感触を伴って、熱い塊が内腔の襞の中に滑り込む。

どうやら、切っ先の部分が入ったようだ。一番張り出したところを受け入れたためか、いっぱいまで開かれた窄まりがわずかに楽になるが、そのまま腰を使われ、太い幹を挿し入れられて、今度は腹の中がずしりと重くなってくる。

内奥を押し開きながらずぶ、ずぶ、と熱杭《ねっくい》を収められるのに従って、臓腑《ぞうふ》がせり上がってくるのがわかった。

（大、きいっ）

無理なくじっくりと挿入してくれているのはわかるのだが、ボリュームそのものは変わらないのだ。いったいどこまで深く貫かれるのかとおののいていると、やがて最奥に届いたらしく、アンドレアが動きを止めた。

窄まりには熱い肉の塊がわずかに押し込まれていて、塞《ふさ》がれたようになっている。アルファの男根の根元だけに存在し、交合の折に放出された子種がこぼれ出ぬよう封じるための、亀頭球だろう。

アンドレアがふう、と小さく息を吐いて言う。

「全部、あなたの中に入りましたよ。わかりますか」

「う、んっ……」

体の中に、アンドレアがいる。

あえて訊かれなくても、そうとしか言いようがない。まるで熱した剣をのみ込まされたみたいな気分だ。自分がオメガであることを、これ以上ないほどにまざまざと感じさせられ、屈服させられたような気持ちにもなるけれど……。

「あなたの中、とても温かいです。私があなたに包まれているみたいだ」

アンドレアがどこか恍惚《こうこつ》とした声で言って、高く持ち上げたクラウスの足首に口づける。

「早くあなたを愛したいですが、もう少し中がなじむまで待たなくては。あなたに、心地よくなってもらいたいですからね」

そう言うアンドレアの声は欲情に濡れていて、甘く艶めいた表情をしている。

クラウスを深くまで挿し貫く肉棒は、時折中でピクッと息づいたように動くのだが、そのたびにアンドレアの形のいい眉《まゆ》が、切なげにきゅっと顰《ひそ》められる。

目の前のアンドレアのそんな様子を見ていたら、どうしてかこちらも腹の奥がヒクヒクと疼き、肉筒がじわっと潤むのを感じた。

早く動いてほしい。激しくこの身を揺さぶって、啼き乱れさせてほしい。

そう訴えているのは、自分の心なのか。それともオメガの本能なのか――。

「そろそろ、いいでしょう。動きますよ、殿下」

「……っ、ぁっ、ああ、はぁ……！」

ズクリ、ズクリと、アンドレアが腰を揺すってクラウスの中を行き来し始める。

ごくゆっくりとした動きだけれど、肉筒をこすられる衝撃はすさまじい。

狭い場所を硬い杭でぐいぐいと開かれ、どこまでも大きく広げられて、そのまま体を引き裂かれてしまうのではないかと、恐ろしくなってくるのだけれど。

「……っ……、あなたの中、もう波打ち始めましたよ？」

「っ……？」

「まるで私の動きに、追いすがろうとしているみたいで……、くっ、すごい……！」

「あっ、ぁあっ　ん、ンっ」

クラウスを己で穿《うが》ちながら、アンドレアが昂りを紛らわそうとするかのように左の乳首に吸いついてきて、舌で突起を舐られる。

ねっとりとした刺激に、こちらも結合部の甘苦しさから一瞬気を散らされるが、アンドレアの言うような内筒の変化は、自分ではよくわからない。

でも快さは腹の底のほうにまで伝わるようで、乳首を舌先で潰《つぶ》すみたいにされたり、ちゅくっときつく吸われると、肉襞が応《こた》えるように震えるのを感じた。

そこをアンドレアの熱い幹でこすられると、ビリッとしびれるような感覚が走る。何度も繰り返されるのに従って、それは次第に大きなしびれとなって背筋を駆け上がり始め、うなじのあたりがゾクゾクしてきた。

これはもしや、悦びの兆し……？

「……あぅ！　あ、あっ」

「やはりここが、来ますか？」

「はあっ、そこっ！　そこ、ぃ、いっ、ぁあっ、うぅ、あぁあっ……！」

先ほどアンドレアに見つけだされ、指でなぞり回されて身悶えしてしまった、クラウスの内腔の中にある感じる場所。

そこを切っ先で撫でられ、幹を押しつけながら行き来されると、火花が散るような喜悦が全身を駆け抜け、はしたなくあえぐのを止められなくなる。

声をこらえようと息を詰めると、身がこわばって知らず後ろが窄まったのか、アンドレアがウッ、と小さくうめき声を洩らした。

艶麗《えんれい》な笑みを見せてこちらを見下ろしながら、アンドレアが言う。

「中がとろとろとしてきた。そんなにもよいのですか、ここが？」

「ああっ、やっ！　そ、なっ！　ああ、あっ、ひあああっ！」

感じる場所を切っ先で優しくつつかれ、繰り返しこすられて、裏返った悲鳴を上げる。

今まで感じたことがないほどの、鮮烈な悦び。

それだけでクラウス自身はまた硬く勃ち上がり、先端からはたらたらと淫《みだ》らな透明液が滴り落ちてくる。

肉の筒はオイルと自らあふれさせた蜜とでいっぱいになって、アンドレアが出入りするたびにぬぷぬぷといやらしい音が立った。

わけがわからなくなるほど感じさせられ、もうどうかなってしまいそうだったから、背中でシーツを這って上へと逃れようとしてみたが、アンドレアに腰をつかまれて引き戻され、脚ごと抱えられた。

そのまま逃れようもなく攻め立てられ、もはや己を保つのも難しいくらい、あんあんと啼かされる。

　視界が明滅するほどの悦びになぶられるままになっていると、やがて腹の奥のほうから、どうっと頂《いただき》の大波が押し寄せてきた。

「っ、ぁ……、ぃ、く……っ」

　半ば意識を飛ばしながら、激しい絶頂に身を震わせる。

　二度目の放出だというのに、クラウスの鈴口からはどっと白蜜が押し出されてくる。

　それと察して動きを止めたアンドレアを、後ろがぎゅう、ぎゅう、ときつく食い締め、意地汚いほどに絞り上げる都度、悦びで全身がしびれ上がる。

　アルファに抱かれることにあんなにも抵抗があったのに、初めての交合でここまで強烈な快感を得るとは思わなかった。

　オメガの体が、こんなにも甘く淫らだとは――――。

「……ああ、殿下が私にきつくしがみついてくる。あなたの体は、もうすっかり目覚めたようですね？」

　クラウスのしどけない姿を余さず見つめて、アンドレアが告げる。

「あなたをオメガとして成熟させる。それが私のつとめです。これからは毎日、あなたを肉の悦びで満たしましょう。あなたのため……、そしてこの国の、末永い繁栄のために」

　アンドレアの忠義の言葉が、蕩けた頭に低く響く。

澄んだ黒い瞳に見つめられたまま、クラウスは意識を手放していた。


「夜伽」は四日間続き、聖獣フェンリルの休息日を挟んでさらに五日間続いた。

アンドレアは毎晩、宵の鐘の音とともに北の塔にやってくるが、行為が終わればクラウスの身を丁寧に清めて体をほぐしてくれ、その後は長居せずに退出するので、クラウスとしてはそれほど負担を感じてはいないつもりだった。

だが繰り返される情交のせいかこのところ腰に甘苦しさが続き、ここ二日ほどはとても眠くて、今朝《けさ》は起きるのもつらかった。

アンドレアのほうにはそんな様子はまるでなく、早朝から王宮前の広場で日々の鍛錬を行い、その後は新米の騎士たちの訓練に付き合ったりもしているらしい。

アルファとオメガというバース性の違いに収まらないほどの如実な体力差は、やはり鍛え方の違いなのだろう。

その差を埋めるのは難しいし、クラウスの王の代行者としての公務に支障が出ても困る。

そこで、今日から三日間ほど、「夜伽」は休みということになったのだが……。

(体の負担だけなら、ただ耐えればいいのだがな)

夜ごとの行為の影響は、体よりもむしろ心に来ているのではないかと感じる。

アルファに抱かれ、ひたすら快感を与えられて淫らに啼かされていることが、クラウスはどうにも恥ずかしくてたまらない。オメガの体になり、あんなにもはしたない姿をさらしている自分は、王族としてどんなに取り繕っても、もう以前の自分には戻れないのではないかと、そんな気すらしているのだ。

もちろん、アンドレアは常に臣下としての礼節をわきまえ、クラウスに対して最大限の敬意を払って接してくれている。抱き合うようになったからといって、二人の関係が損なわれたなどということもない。

だからこれは、純粋にクラウスの気持ちの問題なのだろう。ただの感傷だと振り捨ててしまえれば楽なのだが、そうすることができず、うつうつとしている。

それも含め、結局は己の心の弱さなのだと思うと、余計に落ち込んでしまう。

（……でも、まだ「夜伽」は始まったばかりだ）

今のところ発情の兆しなどはないし、そのことばかり考えているわけにもいかない。

今日も明日も重臣たちとの会議のほか、城下への視察などさまざまな公務が入っているし、明後日は遠出する予定もある。ぐずぐずと思い悩んでいる暇などはなく――――。

「……以上が、現地からの報告でございます、殿下」

国土尚書が言って、報告書をこちらによこす。クラウスは小さくため息をついた。

「そうか……。あの地域は昔から雨に弱いが、聖獣フェンリルの加護を受けた堤防どころか、橋までが落ちるほどとはな」

「今は仮の橋を渡してあるとのことですが、堤防ともども新たに作り直すのであれば、やはり『魔術式』での構築をと、村の者たちから嘆願が届いております」

「だろうな。ちょうど次の休息日明けに、大叔母《おおおば》上のお顔を見に離宮まで行く予定だ。そちらにも行くこととしよう。構築に長けた光魔術師を呼んでおいてくれ。さて、最後は……、ああ、例の、西の果ての国の動向か」

王宮にある閣議広間。

クラウスは午前中から、宰相のアスマンほか王国の重臣たちとともに円卓につき、いつものように政務を執り行っていた。

比較的政情が安定しているヴァナルガンド王国だが、王宮には毎日さまざまな陳情や報告が持ち込まれる。災害や外交上の懸案事項については、常に素早い対応が求められている。

「ザカリアス王国、ですな。聞くところによると、恐ろしい魔獣を操り、怪しげな魔術を使うという話です。大エウロパ川以西の国々は、大変な危機感を抱いているようですな」

外交問題を統括する外務尚書が言って、テーブルを見回す。クラウスは小首をかしげて言った。

「大エウロパ北東部では、魔物の姿すら見なくなって久しい。まあ、時折南部から迷い込むことはあるようだと、ロイドから聞いてはいるが……。恐ろしい魔獣やら怪しげな魔術やらと言われても、どんなものかまったく想像もつかないな」

「我が国は建国以来、聖獣フェンリルに守られ、光魔術のみを是としてきたのですから、それも当然のことかと。『東岸同盟』の国であれば、皆同様でありましょう」

魔術の使用と魔術師の監督役である魔術尚書が、うなずいて言う。

ヴァナルガンドの西方にある、大エウロパ大陸を東西に二分する大エウロパ川は、太古の昔から人々の暮らしを支えてきた。

たびたび氾濫《はんらん》する激流の大河ゆえに、その西岸と東岸の国々は長く分断されていて、今でもさほど交流が盛んではないのだが、ここ数年、西の果てにあるというザカリアス王国が、武力と魔術で他国を侵略併合しており、じわじわと領土を広げているという話が耳に入ってくるようになったのだ。

ヴァナルガンドや「東岸同盟」は、大エウロパ川という天然の防壁に守られているとはいえ、警戒しておくに越したことはないだろう。しばし思案して、クラウスは言った。

「同盟だけでなく、近隣の友好国とも連絡を密に取る必要がありそうだな。一度、会談の場を設けたほうがいいのではないか？」

クラウスの提案に、アスマンがうなずく。

「御意にございます、殿下。では、まずはその旨を同盟各国にお伝えしましょうか」

「それがいいだろう。書面の内容は外務尚書と軍務尚書、それにアスマンで詰めてくれ。ほかに議題がなければ、ひとまずここで閉会としようか」

いつの間にか正午を過ぎていたのでそう言うと、皆がクラウスに賛同した。

クラウスは昨晩の「夜伽」の名残で甘苦しさの残る腰を押さえながら、ひとまず昼食をとろうと立ち上がった。


「おや、午睡中でしたか」

聞き慣れた柔らかい声に、クラウスははっと目を覚ました。

見上げるとすぐ傍にロイドが立っていて、微笑みながらこちらを見下ろしている。

背後の窓からは、西に大きく傾いた陽の光が射し込んでいた。

会議のあと、食事をとってから自分の執務室に来て、内務文書の草案に目を通したりしていた。少しだけ眠ろうと長椅子に横たわったのは覚えているが、思いがけず深く寝入ってしまったようだ。

だが、そういえば今日は、ロイドにお茶に誘われていたのだった。クラウスはガバッと体を起こして言った。

「すまない、あなたと約束をしていたのに、すっかり眠り込んでしまっていた！」

「よいのですよ、クラウス様。こちらにお茶を用意しますから」

ロイドが優美な笑顔を見せて言って、長椅子の隣に座る。

そうして小さく何か詠唱すると、目の前のローテーブルが虹色に輝いて、中から熱々の紅茶が入ったティーポットとカップのセット、それに焼き菓子が現れた。

国内随一の光魔術師であるロイドの、なんとも優雅な魔法には、いつもため息が出るばかりだ。紅茶をカップに注ぐロイドに、クラウスは恐縮して言った。

「本当に申し訳ない。こんなつもりじゃなかったんだが」

「いえいえ。こちらこそ、よくお休みでしたのに起こしてしまってすみません。ご公務でお疲れだったのでしょう？」

「それはまあ……、そう、かな？」

本当のことを言うと公務ではなく、連日の「夜伽」のせいでこうなっているのだが、それをロイドに話していいものなのか、少しばかり迷うところだ。

バース転換して以来、同じオメガの彼にはなんでも相談してきたし、アンドレアを「夜伽役」につけたことも当然知っているはずだが、ことがことだけに、赤裸々に話すのもはばかられるような気がして……。

「そういえば、午前中の会議に同席できずすみませんでした」

紅茶のカップをこちらによこしながら、ロイドがすまなそうに言う。

「ザカリアス王国で使われているという怪しげな魔術について、私の見立てを聞きたいとおっしゃっていらしたのに」

「いや、気にしないでくれ。同様の件で、母国から急ぎの使者が来ていたのだろう?」

「ええ。あれがなんなのか、ベルランドでも国家魔術師たちが総力を上げて調べているところだそうです。私やヴァナルガンド魔術省、王国光魔術師団で把握している情報と照らし合わせて、これから内容を精査するつもりです」

「そうか。魔術に関するあなたの分析にはいつもとても助けられている。あなたがいてくれて本当にありがたいよ、ロイド」

多くの優秀な光魔術師を輩出している、ベルランド王国。

他国と軍事的な同盟を結ばず、中立を保っている国だが、ヴァナルガンドとは長く友好的な関係を築いている。

ロイドはベルランドの前国王の末の王子で、クラウスの兄マヌエルとは、国王在位三十周年の祝賀の席での出会いが馴《な》れ初《そ》めだったと聞いている。

マヌエルの熱心な求婚で輿入《こしい》れが決まり、めでたく番となったのだが、子をなす前にマヌエルは亡くなってしまい、ロイドは若くして番を失うこととなってしまった。

ロイドは心痛のあまり重い病の床に伏し、いっときはそのまま亡くなるのではと危ぶまれるほどだったが、やがて回復すると、マヌエルのただ一人の番として、生涯ヴァナルガンドに尽くすことを聖獣フェンリルに誓い、この国に残ってくれたのだ。

今では光魔術師としての高い能力を生かして魔術省の相談役となり、魔術指導や魔術師の育成などを通じて、魔術師団の強化を助けてくれてもいる。

この国の魔術の発展には、ロイドは欠かせない存在なのだ。

「ありがたいと言っていただけるからには、私も現状を包み隠さずお伝えいたしますが……、ザカリアス王国は、今後大エウロパ大陸最大の脅威となるでしょう。もちろん、ヴァナルガンドにとってもです」

ロイドが言って、細い眉をわずかに顰める。

「ベルランドが放った間者や使い魔からの知らせによれば、どうやらザカリアス国王は皇帝を名乗り、大エウロパ川以西の多くの国々への侵略を本格化させているようです。連れ去りなども横行しているそうで」

「連れ去り、とは？」

「近隣国に侵入し、主にオメガやベータを捕らえて強制的に領内に連行するのです。奴隷として働かせるために」

「そんなことがっ……？」

「はい。本当に恐ろしいことです。大エウロパ川があるとはいえ、『東岸同盟』加盟国はもちろん、中立国家である我が母国ベルランドも、国防強化は喫緊の課題であると言えましょう」

「……そうか。思っていたよりも、事態は深刻なのだな」

クラウスは言って、ため息をついた。

「だが、恐れや断絶だけでは未来がないな」

「と、おっしゃいますと？」

「覇権国家を目指す国の王にも、邪悪さだけではない何かがあるはずだ。たとえ王はそうだとしても、臣下や民たちも同じであるわけはないしな。誰とであれ、対話ができるのならそうしたいと思うんだ、俺は」

青臭いともいえる言葉に、ロイドが笑みを見せてうなずく。

「なるほど、クラウス様らしいお考えです」

「……甘いと思うか？」

「いえいえ。理想を手放しては、人は生きていかれませんから」

「しかしまあ、我が国の国防の要が魔力強化であることは疑いようもない。そしてそのためには聖獣フェンリルの力がいる。やはりこの国には、今すぐ王が必要だな」

「その点については同意いたします。とはいえ、それこそ今すぐには叶《かな》わぬこと。私にできるのは、よき魔術師を育てることくらいですが……」

ロイドが言葉を切って、探るように訊いてくる。

「『夜伽』の進み具合は、いかがです？」

「っ！」

「騎士団が帰還した晩から、北の塔にて連日ヴァシリオス卿と同衾《どうきん》なさっていると聞いております。お体に何か変化はありましたか？」

予想していたよりも淡々と現状を訊ねられ、思わず目を丸くしてロイドの顔を見た。

一瞬言葉を失っている間に、夜ごと繰り広げられてきた「同衾」の様子が次々と頭に浮かび、頬がかあっと熱くなる。

ロイドが何事か察したような目をして言う。

「……クラウス様のそんなお顔、初めて見ましたよ。うぶだと噂されていた百人隊長殿も、ああ見えてなかなか隅に置けない方だったのですねえ？」

「な、にをっ、言って」

「よくよくお顔を見てみれば、心なしか目元が潤んで、どことなく色気づいていらっしゃる。アルファを知った、オメガの目だ」

「なっ……、そっ、そんな……！　嫌だ、見ないでくれ、ロイド！」

思わず両手で顔を覆うと、ロイドがふふ、と笑った。

「おやおや。隠すことはないでしょう？　恥ずかしいのですか？」

「恥ずかしいに決まっているじゃないかっ……！」

クラウスからしたら、そんなことはいわずもがなだ。

「夜伽」の影響が顔に出ているのだとすれば、それを知らずに人前に出ていたということで、なおいっそう恥ずかしい。

でも、ロイドは至ってこともなげな様子だし、驚いているふうでもない。

「夜伽」の話を赤裸々にするのははばかられる気がしていたが、ロイドは同じオメガであるし、ここは率直に自分の思うところを話してみたほうがいいのではないか。

クラウスはそう思い、顔を覆った手を離し、ロイドを見つめて訊いた。

「ロイド……、俺は本当に、あなたが言うような顔をしているのか？」

「ええ。でも、オメガならばごく当たり前のことですよ？」

「……そうか。そういう、ものなのだな」

彼がそう言うのなら、確かなのだろう。

情交について話をする相手がいなかったから、知らなかっただけなのかもしれない。

「でも、『夜伽』については……、俺は正直、本当にあんなふうでいいのかなと思っていてな」

「……？　あんなふう、とは……？」

「なんていうか……、ちょっと、怖いというか」

「怖い？　もしや、苦痛を感じているのですか？」

「いや、それはない。多少腰に重苦しさはあるが、痛かったりつらかったりはしないんだ。少なくとも、体は」

そう言うと、ロイドが首をかしげた。

「では、心がおつらいのですか？」

「……つらい、のではなく……、こう、いたたまれないんだよ」

クラウスは言って、ロイドから目をそらして続けた。

「……アンドレアに触れられると……、俺は淫らな声を出して、みっともなく身悶えてしまう。まるで、俺が俺でなくなるみたいなんだ」

「あなたで、なくなる」

「少なくとも、今までの俺じゃない。際限なく気をやって、まるで淫魔にでも憑《つ》かれたみたいに啼き乱れてしまう。アルファに抱かれてあんなふうになるなんて思いもしなかったから、俺はこれからどうなるんだろうって、怖いんだよ」

ぽつぽつと言葉を紡ぐと、漠然としていた考えが一つにまとまってきた。

自分はもしや、オメガの本能というものが怖いのではないか、と。

「なるほど、そういうことでしたか」

ロイドが言って、納得したようにうなずく。

「怖いことなど何もありませんよ、クラウス様。恥ずかしいと思う必要もね」

「……だが……」

「アルファと結び合い、我を忘れるほどの悦びに打ち震えるのは、オメガにとって本能的なことです。それがオメガの性《さが》なのですから、臆《おく》することなく快楽に溺《おぼ》れてしまえばいいのですよ」

「か、快楽に、溺れるっ？」

「ええ、そうです。甘やかに濡れそぼったオメガの姿こそが、アルファを奮い立たせるのですから。そしてその先に、発情したオメガの首を噛み、番の絆を結びたいという強い欲求も生まれる。そうやってアルファの欲望を喚起することこそ、オメガの本能なのです」

「……そう、なのか……？」

アルファが発情したオメガによって昂らされ、オメガの体を抱いて、情交のさなかに首を噛む。するとそのアルファとオメガとの間には、永遠に切れることのない番の絆が結ばれ、オメガは子を孕むことができるようになる。

それが、番というものの成り立ちだ。

知識として知ってはいたが、実際の逢瀬《おうせ》を想定した話を聞くのはこれが初めてだった。

快楽に溺れるだなんて、あまりにも直截《ちょくさい》な言い方ではあるけれど、優しく教え諭すような声音のせいか、ロイドの言葉には淫靡なところがなく、鬱屈《うっくつ》した心にもすんなり入ってくる。

半信半疑ながらも彼の言葉を反芻《はんすう》していると、ロイドが思案げな顔をした。

「おそらくですが、あなたが今感じていらっしゃる恐れは、いずれ消えてしまうたぐいのものなのではないかと思います。少なくとも、私はそうでした」

そう言ってロイドが、艶めいた目をして続ける。

「発情した体でアルファと愛し合えば、今よりももっと鮮烈な悦びを感じられるでしょう。そして番になれば、果てしない享楽を相手とどこまでも深く分かち合える。……もっとも、それは私には、もう望むべくもないことですがね」

「ロイド……」

どこか寂しげなロイドの言葉にはっとする。

オメガは、生涯ただ一人のアルファとしか番になれない。

番になったあとで、番以外のアルファと交われば、オメガの体は激しい苦痛にさいなまれ、ときには死に至ることもあると言われている。

番のマヌエルを亡くしたロイドは、もう一生ほかのアルファと交わることはできず、子をなすことも不可能なのだ。

ロイドの哀しみを思えば、自分の悩みのなんと小さいことかと、恥じ入りたくなってくる。

「クラウス様は、体に苦痛を感じてはおられないとおっしゃいましたね？」

「あ、ああ。それは、そうだ」

「先ほどは少し茶化してしまいましたが、それはヴァシリオス卿が、この上なく丁寧に、そして繊細に、あなたに触れているということです。彼を『夜伽役』に立てたのはよい選択だったと思いますよ。そのうえで、ですが」

ロイドが言って、わずかにこちらに身を乗り出す。

「行為に体が慣れてきたと感じていらっしゃるようでしたら、積極的に相手を求めていくことも必要です。あなたは今、ご自分から彼に触れたりしていますか？」

「俺からっ？　い、いや、特に、そういうことは……」

「でしたら、ぜひやってみてください。あなた自身のお気持ちも体の反応も、かなり変わると思いますよ」

「……やってみろと、言われてもな……」

慣れてきたといえば慣れてきたが、いったいこちらから何をすればいいのかは、ちょっとよくわからない。戸惑っていると、ロイドが訊いてきた。

「性愛の技法については、何もご存じない？」

「……せいあいの、ぎほう……？」

「ふふ、まあ大げさに考えなくても、できることはいろいろとあるかと思いますが……」

意味ありげな目をして、ロイドが言う。

「私の知っている程度のことでよろしければ、少しお教えしましょうか。耳をお貸しくださいませ、クラウス様」

にこにこと微笑んで、ロイドがこちらを見つめる。

思わずドキドキしながら、クラウスはロイドのほうに頭を傾けていた。


それから三日後の夜のこと。

「……動きますよ、クラウス様」

「う、ん……、ん、はっ、ぁ、あっ……」

脚を大きく開かされ、腰を浮かされて上向きになった後孔に、アンドレアの雄がゆっくりと出入りする。

三日間「夜伽」を休んだおかげで疲れも取れ、体調は万全だ。後ろも十分にほどかれ、オイルと愛蜜とで潤《ほと》びているけれど、アンドレアの熱杭は相変わらず硬く大きく、肉の襞を奥まで押し広げられるたび冷や汗が出る。

でも、そこにはどこか甘美さが伴っている。もう体が彼を覚えていて、柔軟に受け入れていくのがはっきりと感じられるのだ。

行為そのものが怖い気持ちはもはやなく、快感でわけがわからなくなってしまうであろうことへの恐れと羞恥とに、意識をぐるぐるとかき混ぜられるだけだった。

クラウスの体は、明らかに行為に慣れてきているようだ。ロイドが言っていたように、

「積極的に相手を求めていく」時期なのだろうか。

『アルファとの愛の行為の悦びは、二人で作り上げるもの』

先日ロイドにもらった助言は、大まかにはそのような内容だった。

今まではアンドレアにすべて任せていて、ただ横たわっていただけだが、そうするばかりでなくこちらからも働きかけることが、彼の反応をも変えていくということらしい。

それは確かにそうだろうと納得はいったが、彼が教えてくれた「性愛の技法」の中には、クラウスからするととんでもなく恥ずかしい行為もあったし、そこまでしなくてはならないのかと驚きもした。

（……でも、少しでもやってみないと）

行為の目的は発情する体になることだ。とにかくできることからやってみなくては。

クラウスはそう思い、アンドレアに言った。

「……もう少し、俺のほうに、来てくれっ」

「……？　はい」

ゆったりと腰を使いながら、アンドレアが上体を倒してくる。

体を寄せられると麝香のような匂いが強くなって、知らず心拍が弾んだ。

おずおずと両腕を伸ばして筋肉質な胸に触れ、「戦士の証し」の刺青をなぞると、熱い肌の下にあるみずみずしい血肉の存在がありありと感じられた。

触れてみて初めて、彼の強い生命力が実体となって立ち現れた感じだ。それに触発されたのか、こちらの体も熱くなる。

思わず小さく吐息を洩らすと、アンドレアが不思議そうに小首をかしげた。

「……クラウス様、何か、気がかりなことでも？」

「いや……、おまえの体、すごく、強いんだな、ってっ」

「クラウス、さま……？」

太い首や大きく盛り上がった肩、たくましい腕。

今まで、他人の肉体に興奮したことなどなかったが、自分を抱くアンドレアの体に改めて触れてみると、どうしてか腹の底がきゅっと疼くのがわかる。

彼の首に腕を回してぎゅっと抱きついたら、何かそれだけで恍惚とした気分になった。

胸や腹の筋肉は律動を力強く支え、腰はしなやかに動いてクラウスを甘く揺さぶる。つながった場所だけでなく、彼の肉体すべてがクラウスに悦びを与えてくれているのだとわかって、体がゾクゾクと震えてしまう。

「っ……、クラウス様、あなたがピタピタとすがりついてきますよ？　奥へ奥へと、私をいざなっているかのようです」

かすかに劣情がにじむ声で、アンドレアが言う。

「いつもよりも奥……、このあたりまで、突いてもいいですか？」

「あぅっ！　あ、ぁっ、アン、ドレアっ」

アンドレアがズンズンと深くまで穿ってきたので、声が裏返ってしまう。

蜜筒の奥のほうには狭くなっているところがあり、いつもはそこまで挿れられることはないのだが、頭の部分でそこを突き上げられると、火花が爆ぜるような快感が背筋をビンビンと駆け上がった。

そこがいいところだったなんて知らなかった。

もっと感じたくて、両脚を彼の腰に巻きつけて全身でしがみつくようにしたら、アンドレアがふ、と小さく息を詰め、中をこする動きを変えてきた。

「はっ、ああっ、ああ、あああ」

中で雄を上下に回旋するように動かされ、知らず腰がビクビクと跳ねる。

肉杭が行き来するたび、手前の感じる場所と奥の両方を刺激されて、悦びで視界がチカチカする。

あまりにも気持ちがよくて、腰が跳ねる勢いのまま彼の動きに合わせて身をしならせると、剛直が中でぐんと嵩《かさ》を増し、アンドレアの息が乱れ始めた。

もしやクラウスの動きに反応している……？

「……すごいな。いったいいつの間に、このような動きを覚えたのです？」

悩ましげに眉根を寄せて、アンドレアが言う。

「今夜は、もっと深くまで結び合ってみましょうか」

「ひあっ、ああっ、そ、こっ、あああっ、あああ」

自制を解いたかのように回旋を大きくされ、動きも速められて、気が遠くなるほど感じさせられる。

はしたなく身を揺すって追いすがっても、アンドレアはすべて受け止めてさらに大きな悦楽を返してくれる。クラウスの体はどこまでも蕩け切って、肉筒はぬちゅぬちゅと卑猥な音が立つほどに愛蜜であふれてきた。

その助けを借りて、アンドレアがさらに激しくクラウスを貫き通してくる。

「あっ、あっ、すご、ぃっ、おまえが、来るっ、奥の、奥、までっ」

互いにとめどなく欲望を昂らせ合うような、豊かで濃密な情交。

もしかしたらこの先には、本当に溺れるほどの快楽というものがあるのかもしれない。

そこに至って己を保っていられるのかはいくらか不安だが、アルファとオメガにとってこれが本能ならば、恥ずべきところなどないようにも思う。

体が感じるまま身を揺らし、後ろでアンドレアを締めつけて悦びを貪《むさぼ》ると、やがて腹の底から、頂の大波が押し寄せてきて――――。

「ひぅ、ぁ、あっ……！」

ぶる、ぶる、と体を激しく振るわせて、クラウスが絶頂を極める。

アンドレアが小さくうなって動きを止めると、クラウスの切っ先からはいつになくたっぷりと白蜜がこぼれ出てきた。

快感に酔い、焦点の合わない目で見上げるクラウスに、アンドレアが優しく告げる。

「素敵ですよ、クラウス様。悦びに素直に身を任せるあなたは、いつもよりもさらに魅惑的だ」

「……アン、ドレ、アっ……！」

「どうかそのように、いつでも感じるままでいてください。あなたが心地よくなってくだされば、私もますます昂って、どこまでも深くあなたの体を愛することができるのですから」

アンドレアの声が、甘く耳を撫でる。

何か新しい扉が開けたような気分で、クラウスは悦びの淵《ふち》をたゆたっていた。


次の休息日の翌日は、よく晴れていた。

「……クラウス殿下、お足もとにお気をつけください」

がれきが山積みになった道を川に向かって歩くクラウスに、アンドレアが気づかうように言う。

王宮から馬で数時間ほどの場所にある、穀倉地帯。

山脈から豊かな水を運んでくる川が季節外れの長雨で氾濫、堤防にひびが入ったほか、大きな橋が落ちたと報告があった場所に、クラウスは魔術師と、アンドレアほか護衛の騎士数名を連れて訪れていた。

あたりはようやく水が引いたばかりのようで、畑はまだ土砂で埋まったままのところが多い。これだけの被害を受けては、民たちの力だけでの補修や復旧はまず難しいだろう。

「構築は誰がする？」

「不肖、私どもがつとめさせていただきます、殿下」

白いローブをまとった光魔術師が二人、こちらに進み出る。

「よろしく頼む。ヘルベルトと、エルマーだったかな？」

「はい、殿下」

「若輩者ですが、ロイド様の代わりをつとめさせていただきます」

若い二人の魔術師は、ともにベータで、十代の初めの頃からロイドに光魔術の手ほどきを受けている。魔術師団の未来を担う優秀な魔術師たちだ。

二人を引き連れて堤防の上に上がり、振り返ると、魔術師や騎士たちの向こうから民たちが集まってくるのが見えた。

落ちた橋やひびの入った堤防、そして荒れた畑が、きちんと元通りになるのか、心配そうな顔つきだ。

クラウスは顔を上げ、胸を張って言った。

「皆の者、このたびは災難であったな。この堤と橋とは、父王の御代にフェンリルの力を借りて造られたものだと聞いている。尊き守護聖獣の加護を得ている以上、再構築にも同じだけの力が必要となるだろう」

クラウスはそこで言葉を切り、右手で腰に差した短剣を引き抜いて天に掲げた。

「王不在の今、フェンリルに助力をあおぐことはできぬが、民たちよ、安心するがよい。王に代わってこのクラウスが、我が血を持って力に変えよう！」

力強い言葉に、民たちがおお、と歓声を上げる。

クラウスはヘルベルトとエルマーに向き直り、うなずいて告げた。

「では、始めようか」

「は、はい」

「お願いいたします！」

いくらか緊張した声で二人が答える。クラウスは左の手のひらを上に向け、短剣の刃を当ててすっと引いた。

「……っ……」

痛みとともに赤い血が湧《わ》き出し、ぽたりぽたりと堤防の土に落ちる。

ヘルベルトとエルマーが両手をあわせて魔法を詠唱し始めると、クラウスの血が滴った場所が光り始め、それがざあっと堤防全体に広がり、やがて仮の橋まで包み込んでいくのが見えた。

魔法によって、堤防と橋とが再構築されていく。

（……やはり来てよかったな）

今回は一部の補修とはいえ、そもそもこれだけの規模の構築物を、魔術師の魔法の力だけで造り上げることはできない。

もちろん、王がいればフェンリルの力を借りられるが、そうでなければ、動物などの生贄《いけにえ》を捧げる必要があった。

しかし、それは生きた人間を生贄として捧げることで強固な城塞《じょうさい》を築いていたと言われる、太古の王朝の慣習の名残なので、現在のヴァナルガンド王国においては、好ましくないものとされている。

幸い、建国の王ヴィルヘルムと聖獣フェンリルとの契約により、王族に生まれついた者の血をわずかに捧げることで生贄の代わりとすることができるので、このような場合、クラウスはできる限り現地に赴いて自ら血を流し、魔術師たちに協力することにしていた。

（……でも、本当は反対なのかな、アンドレアは）

ちらりと目をやると、アンドレアは痛々しげな目をしてこちらを見ている。

王族としてのクラウスの姿勢を理解しつつも、自ら体を傷つける行為については、本当のところ賛成してはいないのかもしれない。

重臣や貴族たちの中には、アルファの世継ぎを産むべき大事な体なのに、と言ってあからさまに異を唱える者もいるし、それはそれで考え方としては正しいとも思うのだが、クラウスとしては、これも王族の大切な仕事だと思っている。

「……！」

木で造られた仮の橋が、石造りの堅牢《けんろう》な橋へと形を変えていくのを眺めていたら、欄干《らんかん》の上にふわりと白い影が見えた。

遠くから見ても見間違いようもない。守護聖獣フェンリルの姿だ。

魔術師はもちろん、騎士たちも民たちも、誰一人反応していないところを見ると、いつものようにクラウスにしか見えていないのだろう。

王ではないから、意思の疎通が図れるわけでも、力を貸してくれるわけでもないけれど。

（フェンリルは、今このときにもこの国を見守ってくれているんだ）

それがわかるだけでも、たった一人で王の代行者をつとめる孤独が癒《いや》される気がするし、心が勇気づけられる。

やがて堤防と橋ができ上がると、民たちから声が上がった。

「見ろ、元通りだ！　クラウス殿下と魔術師様が、橋を造ってくださった！」

「クラウス殿下はなんとすばらしいお方なのか！」

「殿下に栄光を！」

民たちの喜びの声に、安堵《あんど》の吐息が洩れる。

聖獣フェンリルに心からの感謝の念を抱きながら、クラウスは民たちのうねるような歓声を聞いていた。


その後、畑のがれきや土砂を取り除き、治癒魔法が得意な魔術師に手のひらの傷を癒してもらってから、クラウスは一行を引き連れて、そこから馬で半時ほどのところにある離宮を訪れた。

騎士と魔術師を休息させ、クラウスは一人、離宮の主の寝室を見舞った。

「まあ、クラウス！　よく来てくれましたね」

「少々ご無沙汰《ぶさた》しておりましてすみません、ルイーザ大叔母上」

「ベッドに寝たままで失礼しますよ。どうにも腰がいけなくてねえ。でも気持ちだけは若いのよ？　今からだって遠征を指揮したいくらい！」

「ふふ、相変わらずお元気そうで何よりです」

父王の叔母に当たるベータのルイーザは、クラウス以外でただ一人の王族だ。十年前に高齢のため公務を引退し、以来この離宮でひっそりと暮らしている。

もう九十代半ばなのだが、若い頃は魔法が使える騎士である「魔法騎士」として名を馳《は》せていたというだけあって、ベッドに横たわっていてもはつらつとしている。

ここ数年は病気がちで、最近は時折発作を起こして危険な状態になることもあると侍従から報告があったのが、まるで嘘《うそ》のようだ。

ベッドの傍らの椅子をすすめられたので、少し近づけて腰を下ろすと、ルイーザがクラウスの顔を見つめて言った。

「あなたも元気そうね、クラウス。前よりもいい顔をしているわ。公務は王族を成長させるというから、きっとそのせいね。とても忙しいのでしょう？」

「おかげさまで、なんとかやっていますよ」

「それで、どうするの？　やっぱりアルファの婿を迎えるつもりなの？」

「ええ、むろんそのつもりです。俺が世継ぎを産まなければ始まりませんからね」

父王が亡くなったとき、ルイーザはクラウスに、オメガだからといって必要以上に責務を背負い込むなと注意してくれたが、結局はそうするしかないことも理解してくれていた。

クラウスが自ら婿取りを決めたことが伝わったのか、ルイーザが小さくうなずいた。

「そうなのね。私はベータだし年寄りだし、ダラダラと生きながらえたところでヴァナルガンドのためにはなんの役にも立てないんだから、本当に悔しいわ」

「大叔母上、どうかそのようなことをおっしゃらないでください。大叔母上がこうして健在でいらっしゃるだけで、俺はとても心強いのですから！」

「そう？　そんなふうに言われたら、私もまだまだ長生きしたくなってしまうわねえ」

ぜひそうあってほしいと、クラウスも心から願っている。

アルファはもちろん、ベータの王族も皆亡くなってしまって、ロイドを除けば、王族としての立場を気にせず話ができる相手はほかにはいない。ルイーザは幼い頃のマヌエルやクラウスをとても可愛がってくれたので、こちらとしても特に慕っている相手だから、できるだけ長生きしてほしいと素直に思う。

自分の近況や最近の諸外国の情勢などを話して聞かせると、ルイーザは興味深そうに聞き、昔の話などを織り交ぜながら、よき王政政治のあり方など、若いクラウスにとってとても貴重な意見を伝えてくれた。

父王亡きあと、ルイーザは王族として生きる上での、師のような人でもあるのだ。

「……ところで、クラウス。あの黒髪の元従者はどうしているの？」

「アンドレアですか？　今、下のホールで休息を取らせているところですが」

「まあ、ここに来ているのっ？　ぜひ会いたいわ、こちらに呼んでもらえる？」

「もちろんかまいませんよ。少々お待ちを」

クラウスの従者だった頃から、ルイーザがアンドレアのことを気にかけている様子なのは知っていたが、言葉を交わしたことはほとんどないはずだ。意外に思いながらも寝室に呼ぶと、アンドレアのほうもやや戸惑いを見せながらやってきた。

「アンドレア・ヴァシリオス、参りました、ルイーザ殿下」

「よく来てくれたわね、アンドレア。ここまでいらして！」

嬉しそうににこにこと呼びかけるルイーザに、アンドレアが慎み深く一礼をして部屋に入る。手招きをされたので、アンドレアはそのままベッドまで近づき、屈んで膝をついた。

ルイーザがまじまじと顔を見て言う。

「あなたもいい顔になったわねえ、アンドレア。ヴァナルガンドの騎士の顔……、そしてもちろん、シレアの戦士の顔でもあるのでしょう。実はね。私は幼い頃からずうっと、シレアの戦士に憧《あこが》れていたの！」

ルイーザが秘密めかした声でそう言ったので、アンドレアはもちろんクラウスも面食らってしまい、思わず顔を見合わせた。

ルイーザが乙女のように頰を赤らめて言う。

「私が子供だった頃、おばあさまが寝物語に聞かせてくれたのよ。ヴァナルガンドのはるか南方には、強くて心優しいシレアの戦士たちがいるって。だから私はとても憧れて、自分も騎士になろうと思ったの。あまり体力がなかったから、魔術の修行もして、魔法騎士になったのだけど」

　思いがけぬ話に、クラウスは驚いて言った。

「大叔母上が魔法騎士になられたのが、そのようなきっかけだったとは。今初めて聞きましたよ」

「ほほほ、だって誰にも話したことがなかったもの。シレアの戦士のように、不屈の闘志と慈悲深い心を持って民たちを守る、強く美しい騎士になりたいって、ずっとそう思っていたわ。でも戦士どころかシレアの民にすら出会わないまま年を取って、私はやがて剣を置いたの。そうしたら、あなたがこの国に来たのよ、アンドレア」

　ルイーザが言って、笑みを見せる。

「ヴァシリオス、という名を聞いて、私、飛び上がりそうになったわ。おばあさまに聞かされていた、シレアの伝説の戦士の名だったんですもの！　あなたの先祖にテレンツィオ・ヴァシリオスという方はいる？」

　ルイーザの問いかけに、アンドレアが目を見張り、それからうなずいて言った。

「……私の、七代前の先祖に当たる者の名です。シレアの民からも、伝説の戦士と呼ばれていました」

「まあ、そうだったのね！　ふふ、会ったこともない憧れの人の子孫と出会っていたなんて、長く生きてみるものだわねえ」

しみじみと懐かしむように、ルイーザが言う。

それから何か思いついたように目を輝かせて、クラウスに言った。

「ねえクラウス、奥の部屋にある私の剣が入っているケース、わかるかしら？」

「ええ、わかりますよ」

「申し訳ないけれど、ここに持ってきてくれない？」

「お安いご用です。お待ちを」

ルイーザに告げて、クラウスは奥にある部屋に行き、低いチェストの上に置かれたケースを持ち上げて、そのまま寝室へと運んだ。

マントルピースの上に置くよう指示されたので、注意深く載せると、ルイーザがうなずいて言った。

「出してみせて」

「わかりました」

ルイーザの愛剣は、確か古に栄えた大帝国で使われていた両刃剣を模した、とても重厚な剣だ。

目にする機会もあまりなかったので、少しばかり胸を躍らせながら重いふたを開けると、今でもきちんと手入れされているのがわかる美しい剣と、赤い革に金を施した鞘《さや》が並んで入っていた。

剣の柄《つか》を握ってケースから持ち上げて、クラウスは感嘆の声を上げた。

「……素晴らしい。今すぐにでも戦場に赴けそうですね！」

「引退してからも、気持ちだけはそのつもりでいましたからね」

ルイーザが言って、アンドレアに顔を向けた。

「あの剣をあなたに譲るわ、アンドレア・ヴァシリオス」

「……な！　ルイーザ殿下、何を、おっしゃって……？」

剣を持ってきてほしいと言われたときから、クラウスはなんとなくルイーザの意向を察していたけれど、アンドレアにとっては予想もしていなかったことのようだ。

狼狽して首を横に振りながら、アンドレアが言う。

「そのような……。殿下の大切な剣を、私などにっ……」

「どうか受け取ってくださいな、アンドレア。私の剣で、この国とクラウスと、そしていつか彼が産むであろう、世継ぎの子を守ってほしいのよ」

「し、しかし」

「ぜひそうしてくれないか、アンドレア。俺からも頼むよ」

「クラウス殿下……」

受け取りかねている様子なので、助け船を出すように言うと、アンドレアが膝をついたままこちらを見上げた。

彼に剣をよく見せようと、クラウスは剣を横にして両手で支え、目の前に差し出した。するとアンドレアが、刃こぼれ一つない剣の刃をじっと見つめて、はっと小さく息をのんだ。

「……ルイーザ殿下、この剣はもしや、フィオレ火山の……？」

「ふふ、さすがねえ！　見ただけでわかるなんて」

「え、なんです？　何か特別な作りなのですか？」

わけがわからずクラウスが問いかけると、ルイーザが答えた。

「南方にある荒ぶる炎の山、フィオレ。この剣はその流れる炎と灰とを使って鋳造《ちゅうぞう》されたものだと言われているわ」

「……フィオレは、シレアの民にとっては信仰の対象でもあります。国を滅ぼされたときも、同胞が鍛冶場の種火を守って、各地に……」

アンドレアが胸を詰まらせたように黙る。

ルイーザがこいねがうように告げる。

「どうか受け取ってちょうだい、アンドレア。この剣はあなたにこそふさわしいわ」

その夜のこと。

離宮の中庭に面した客間で、クラウスは長椅子に腰かけてのんびりワインを飲んでいた。夕刻に王宮に戻る予定だったのだが、国境沿いを視察しながら戻ることにしたので、明日の朝まで離宮に留《とど》まることになったのだ。

騎士たちもくつろいで酒でも飲んでいるのか、中庭の向こうからは楽しげな声が聞こえてくる。

「……アンドレア、参りました、クラウス殿下」

部屋の入り口にアンドレアが立って、礼儀正しく声をかける。

アンドレアのためのグラスにワインを注ぎながら、クラウスは言った。

「お、来たな。まあこっちに来い。皆は飲んでいるのか？」

「騎士たちはそうです。魔術師の皆様は、ライブラリーに魔術文献を見に行くと」

「そうか。じゃあおまえだけ呼び出しても、特に困ることはなさそうだな？」

「それは、そうですが……」

「なんだ。何か不満か？」

「いえ、そのような。ただ、殿下に晩酌に誘っていただいたのは初めてですので、少々戸惑っているだけです」

アンドレアが従者の任を離れて騎士団に入ってから、彼が臣下としての距離を保って接してくるようになったせいか、彼を個人的に呼び寄せたりすることは、こちらからも控えるようになっていた。

今にして思えば、新米騎士として騎士団に入団した彼が、王子である自分に目をかけられ、優遇されていると思われるのを避けたい気持ちもあったように思う。

だがアンドレア自身が騎士として多くの武勲を立てたこと、そして何より、彼がクラウスの「夜伽役」になったことで、最近は周りの目も変わった。

よくも悪くも実力主義、そしてクラウスが世継ぎを産める体になることが、この国にとっては最優先事項だということなのだろう。

気兼ねが一回りしてアンドレアと気楽に酒を飲める関係になれたのなら、クラウスとしては悪くない成り行きだ。

傍らの椅子に座るようすすめると、アンドレアは一礼して腰を下ろした。グラスを渡して杯を上げ、ワインを一口飲んでから、クラウスは言った。

「大叔母上は、おまえに剣を授けることができて、とても嬉しそうだったな」

「喜んでいただけて何よりです。今までよりもいっそうつとめに励まなくてはと、身が引き締まる思いがしました」

「剣を受け取って、おまえが披露してくれた剣舞もすごく勇壮でよかったよ。大叔母上も見ただけで命数が延びた、なんておっしゃってて。あのご様子なら、まだまだ長生きされることだろう」

　軽くそう言うと、アンドレアがどうしてか、哀しげに目を伏せた。その沈痛な顔には覚えがある。父王が亡くなる直前に見せていた表情だ。

　クラウスは恐る恐る訊いた。

「……シレアの民であるおまえの見立てでは、そうではないのか？」

「そのようなこと……、申し上げるべきでは」

「いや、言ってくれ。もしや大叔母上は、長くはないのか？」

　言葉を選ばずに訊ねると、アンドレアは少しためらいを見せたが、やがてうなずいて言った。

「あと、半年ほどではないかと」

「……そうか。半年、か」

　あんなに元気そうだったのにまさかと、どうしてもそう思ってしまうが、おそらく間違いないのだろう。だからこそ、ルイーザもアンドレアに愛剣を譲る気になったのかもしれない。

「おまえがそう言うのなら、きっとそうなんだろう。父上が亡くなられたときも、おまえが一番に死期を察していただろう？」

「……気づいておいでだったのですか？」

「おまえは情が深い。顔に出ていたからな、なんとなく」

「それは……、その、申し訳ありませんでした」

「謝ることなんてないだろ？　おまえは魔法を持たない代わりに、物事を見極めるすごい能力を持っているってことじゃないか」

クラウスの言葉に、アンドレアが瞠目する。それから少し困ったような顔で言う。

「そのように思ったことは、少なくとも私自身はありません。幼い頃から、私には人の命のきらめきが見えていましたが、その人の命数までも見えるのは、哀しいものです」

「それはまあ、そうかもしれないが」

人の命の終わりが見えるのは、確かに哀しいことかもしれない。

でも、人は皆必ず死を迎える。あらかじめその心構えができるのなら、それはそれで幸いではないか。死がやってくるからこそ、生きている今をかけがえのないものと感じることもできるのでは……？

「……なあ、じゃあおまえには、俺はどう見えている？」

「……え？」

「ああ、いや！　もうすぐ死にそうとかだったら、それは言わなくていい！　さすがに自分でもどうしていいかわからなくなるからな。でもその……、俺は自分が、大きく変わってしまったから……」

ある日突然バース転換するような運命を、アンドレアは予見していたのか。

そこはやはり気になるところだ。

単なる好奇心だし、訊いてどうなるものでもないから、答えにくい質問だろうかと思ったが、アンドレアはそれほど考える様子もなく、即座に答えた。

「クラウス殿下は、私が知るほかの誰よりも、強く美しく輝いていますよ」

「輝いているって……？」

「あなたの命のきらめきはとてもまぶしくて、どこまでも温かい。それは昔から変わりません」

「アルファであった頃も、今もか？」

探るように訊ねると、アンドレアが穏やかな笑みを見せた。

「変わりません、何一つ。まるで天の太陽のようだ。あなたは、ずっとあなたです」

それはクラウスが知りたかったこととは違うが、何よりも聞きたかった言葉ではある。

でも天の太陽のようだなんて言われると、面はゆいところもある。

照れ隠しのようにアンドレアの肩を軽く小突いて、クラウスは言った。

「おまえ、太陽はさすがに褒めすぎだろ。俺を持ち上げても、何も出ないぞ？」

「私の正直な気持ちですよ。それに、何かを求めてそう言ったわけではありません。殿下からは、すでにあり余るほどのものをいただいておりますので」

「俺が、おまえに？」

「はい。殿下は私にとって、本当に太陽のようなお方です」

アンドレアが言って、一点の曇りもない澄んだ目をしてこちらを見つめる。

相変わらずの忠犬ぶりだ。嘘のなさは嬉しいが、いよいよ照れくさくなってしまう。

頬が熱くなるのがわかったから、クラウスはふいと顔を背けて言った。

「……まったくおまえは。本当にいつでも恥ずかしいくらい真っ直ぐな奴だ！　ちょっとは隠してることとか、ないのか？」

「隠していること、とおっしゃいますと？」

「本当は思っているけど言わないとか、そういうことだよ」

「それはもちろん、ありますが」

「あるのかっ？」

暴くつもりはないが、もちろん、と断言されるとそれはそれで気になる。

するとアンドレアが、不意に真剣な目をして言った。

「ええ、あります。お聞きになりたいですか？」

「……え……、聞きたい、けど……、なんだよ。真面目な話か？」

いったい何を隠しているのだか、急に不安になって訊くと、アンドレアがうなずいた。

「左のお手を、お貸しください」

「……手？」

なぜ、とは思ったが、言われるままに左手を差し伸べる。

するとアンドレアが、クラウスの左手を両手で包み、優しく手のひらを上に向けさせた。

魔術師に治療してもらったのでもうほとんど治っているが、そこには昼間、短剣で傷つけてできた痕《あと》があった。

「殿下がこうして傷を負い、血を流す姿を見るのが、私は少しつらいです」

痛ましそうに傷痕を見つめて、アンドレアが言う。

「けれど同時に、誇らしくもある。あなたは国を思い、民を思うがゆえに、自ら血を流すことができる方なのだと、心から尊敬する気持ちが湧いてきます」

アンドレアが言葉を切り、手のひらの傷痕を指でそっとなぞる。

「そしてそれゆえに、私はひどく悔しい気持ちにもなるのです。あなたは誰よりも王にふさわしい方なのに、と」

「……アンドレア……」

この国で王になれるのは、フェンリルに選ばれたアルファの王族だけだ。

だからその発言は、オメガになってしまったクラウスに告げるのには、とても不穏当な言葉だ。

でもアンドレアにそう言われるのは、悪い気分ではなかった。

悔しさはこの胸の中に誰よりも強くあるが、それを表に出すことはできない立場だ。アンドレアはそんな自分の本当の気持ちをわかってくれているのだと、嬉しくなる。

自分が騎士王になって、彼がその右腕になってくれたらと願っていた過去の夢を思い出すと、切なくはあるのだけれど。

(何も、変わってはいない。アンドレアだって、アンドレアのままなんだ)

アルファからオメガに変わった自分を、何も変わってはいないと言ってくれたアンドレア。

彼がこうして目の前にいてくれることは、クラウスにとって何よりも得難いことなのではないかとふと気づく。

人の生はままならず、いつか必ず死を迎えもするが、生きていさえすれば傍にいることはできる。手を伸ばし、触れ合うこともだ。

それはもはや、奇跡ではないか。

そう思い至った、そのとき。

「……！」

体の奥のほうでむらっと欲情の兆しが感じられたから、思わずビクリとした。

今は「夜伽」の場ではないし、手の傷痕にそっと触れられただけで、体が触れ合ったわけでもない。

なのにどうしてか、アンドレアと抱き合いたいという気持ちがむくむくと湧いてくる。体芯がじわりと潤み始めたのもわかって、自分でも慌ててしまう。

こんなことは初めてだ。こういう感覚がやがて発情につながっていくのなら、それは喜ぶべきことだが、今はまだ単純に恥ずかしい。

（……でも、アンドレアだって、輝いてるじゃないか）

彼のように人の命のきらめきが見えたりはしないが、抱き合うようになって以来、クラウスはアンドレアの肉体が放つ生命力に魅入られている。

それは彼がアルファだからで、オメガになってしまった自分にとっては、ただの本能的な反応なのかもしれない。

だが、彼の輝きに触れたいと思うのは、クラウス自身の感情ではないか。

失われつつある命がある一方で、今目の前に、あふれんばかりの生命力を持った慕わしい相手がいること。その相手が、自分を理解してくれているということ。

それを嬉しく思う気持ちに、バース性は関係ない。

ただ人がともに生きているという、当たり前の事実があるだけだ。

だったら、触れ合って命の輝きの強さを確かめ合いたいという欲求を抱くことだって、当たり前ではないか……？

「王にふさわしい、か。そう言ってもらえるのは嬉しいが、今の俺はオメガの王子だぞ？」

「……はい。出すぎたことを申し上げました」

「いや、気にするな。王になる代わりに、俺は王となるべきアルファの子を産むという新たな任を負っている。それこそ、今の俺にふさわしい責務だ」

クラウスは言って、左手に添えられたままのアンドレアの右の手を握り、ぐっと引き寄せた。

「その責務をまっとうするには、発情する体になる必要がある。おまえがそうさせてくれるんだろう？」

言いながら、アンドレアの手を持ち上げ、ちゅっと口唇を押し当てる。

何も言わずともクラウスの欲情を察したのか、アンドレアが当惑したように言う。

「……殿下、それはもしや……、今ここで『夜伽』を、ということで？」

「察しがいいな。そのとおりだ」

笑みすら見せて答えると、アンドレアが目を見開いた。

離宮という場所のせいもあるだろうが、こんなふうにこちらから行為を求めたのも初めてだから、驚かせてしまったようだ。どうすべきかと考えている様子のアンドレアに、クラウスは訊いた。

「ここではできないか？」

「できなくは、ないですが……。部屋の外に、情交の気配が洩れてしまうのではと」

「今さらそれがなんだ。今の俺には、これは大切なつとめなんだぞ？」

クラウスはもっともらしく言って、長椅子から身を乗り出し、アンドレアのほうに顔を近づけて告げた。

「俺は今、たまらなくおまえに触れたいんだ。交わりたいんだよ、たくましくて力強い、戦士の肉体とな」

「クラウス、殿下」

「こういうことを言うのは、以前は恥ずかしいことだった。でもこんな欲望を抱けるのは、生きていればこそだ。だから俺はそれを大切にしたいと思う。アルファだろうがオメガだろうが、人はいつかは消えゆく定めなのだからな」

ただ抱き合いたいという欲望を伝えるためには、やや大げさすぎる言い草かもしれない。ほんの少しそう思ったのだが、クラウスの言いたいことは、アンドレアにはちゃんと伝わったようだ。

至極真面目な顔をして、アンドレアが言う。

「あなたの中の燃えさかる命の火が、それを求めている。そういうことなのですね？」

アンドレアの言う命の火、というのがどんなものなのかはわからないが、欲情の火元はそこなのかもしれないとはなんとなく感じる。

黒く澄んだ瞳を見つめてうなずくと、アンドレアが納得したように告げた。

「わかりました、クラウス様。あなたがお求めなのであればこの命をも捧げると、私は聖獣フェンリルに誓っております。私のこの体であなたの望みを満たせるのならば、これ以上の喜びはありません」

「じゃあ、してくれるか？」

「もちろんです。……が、やはり少々注意は必要ではないかと」

「注意？」

「ええ。いつもの調子でいたしますと、その……、ルイーザ殿下の安眠を、妨げてしまうかもしれませんし」

「それは確かにそうだな。じゃあ……、あれを使ったらどうだ？」

クラウスはベッドに行き、枕元《まくらもと》に重ねられていたクッションを一つ取った。

そうして寝間着を脱ぎ、下穿きだけになってシーツにうつ伏せになり、顔の下にクッションをあてがう。

「こうしておけば、いくらかは声を抑えられるんじゃないか。どうだろう、アンドレア？」

「よろしいのではないでしょうか」

アンドレアがうなずき、こちらにやってくる。そして彼もチュニックを脱ぎ、クラウスの背後から身を寄せてきた。

「……ん、んっ……」

首の付け根の、ちょうどチョーカーの下あたりにキスをされ、そのままちゅ、ちゅ、と背中に口づけられて、そのたびにピクンと震えてしまう。

いつもとは少し違う「夜伽」の始まり。

普段はひと気のない北の塔で抱き合っているせいか、窓の外から騎士たちが飲んで話し、笑い合う声が聞こえてくるのに、なんとなく慣れない。

中庭を挟んでいるとはいえ、窓は開け放たれており、ろうそくの明かりもついたままなので、騎士たちがその気ならば、この部屋の様子は外から丸見えだろう。

一応ベッドの上ではあるけれど、まるでそうすべきでない場所で行為に及んでいるような気がして、かすかな背徳感を覚える。

「ぁ……！　ん、ンン、っ」

腋《わき》の際や肩の骨に吸いつかれ、背筋を舌でちろちろと舐められて、ビクビクと腰が揺れる。

アンドレアの口唇がいつもよりも熱く感じるのは、顔をクッションに伏せていて彼の姿が見えないせいか。背後から前に回された手で胸や腹をまさぐられると、ふっくらと温かな手もさらに大きく感じ、ゾクゾクと肌が粟立った。

知らず腰を浮かせると、アンドレアが下穿きに手をかけ、膝まですするりと引き下ろしてきた。

「ふっ……！」

すでに勃ち上がっているクラウス自身が下穿きに引っかかってビンと跳ね返り、切っ先に上がっていた透明液で腹がぬるりと濡れた気配に、かあっと頭が熱くなる。

シーツに局部を押しつけてそれを隠そうとしてみたが、アンドレアがすかさず左の手でクラウス自身に触れ、ふふ、と小さく笑った。

「まだ触れてもいないのにこんなに濡らしてしまうほど、欲情していらっしゃったのですか、クラウス様？」

「う、んっ」

「肌もしっとりとしていて、吸いつくようだ。なんだか今日のあなたは、これまでとはどこか少し違いますね」

「ふ、ぁ、んう、うっ」

屹立《きつりつ》したものをそのまま左の手のひらで包まれてやわやわとしごかれ、汗ばみ始めた腰や双丘に口づけられて、甘く息が乱れる。

アンドレアに優しく触れられただけで、体中が熟れた果実のように甘く潤んでいくのが感じられる。指でしごかれるうちに欲望もますます濡れそぼって、すぐにくちゅくちゅと水音が立ってきた。

何がどう違うのだか、自分ではまるでわからないが、こちらから欲しいと求めたのは初めてなのだから、常になく興奮しているのは確かなのかもしれない。

欲情した体の淫靡な反応に、自分でも驚いてしまう。

「膝を立てて、クラウス様。そして少し、脚を開くんです」

「ん……」

言われたとおりにシーツに膝をつき、間を開けるようにすると、狭間《はざま》が開いて後孔がむき出しになった。

そこがどうなっているのか、自分では見えないものの、窄まった外襞がヒクヒクと疼く気配がある。

「あなたの後ろ、もうほころび始めていますよ。ほら」

「ンんっ、ぁ……！」

左の手で前をもてあそばれながら、右の指先で窄まりを撫でられ、尻《しり》をビクンと跳ねさせてしまう。

そこをなぞられるだけでも淡い快感が走るのだが、中にはもっといい場所があることを、クラウスの体はもう知っている。だから窄まりははしたなくほどけ、アンドレアの指を引き込もうと指の腹に吸いつく。

アンドレアが応えるように指をつぷりと中に沈める。

「ひ、ぅっ、ふう、ぅっ」

中はオイルなどいらないほど愛蜜でたっぷりと潤み、アンドレアが指でくるりとかき混ぜると、ぬちゅ、といやらしい音が立った。もう一本指を挿れられ、大きくかき回されたら、クッションで口を押さえていても恥ずかしい声が洩れそうになった。

せめて窓くらい閉めてから始めるべきだったか。

(でも、もう欲しい……、早く、俺の中に入ってきてほしいっ……)

指ではなく剛直で、奥の奥まで貫いてほしい。

クラウスはクッションから顔を上げ、アンドレアを振り返って言った。

「……アンドレア、もう、してくれ」

「え……」

「腹の中が、ヒクヒクしてる。俺の体は、おまえが欲しいみたいだ」

頬を熱くしながらそう言うと、アンドレアがまじまじとこちらを見つめてきた。

それからどこか嬉しそうな顔をして言う。

「そのように思っていただけるなんて、『夜伽役』としても一人の男としても、身が奮い立つ思いですよ。ではもう、今すぐにお応えいたしましょう」

「ぁ……っ」

後ろからぬる、と指を引き抜かれ、甘ったるい声が洩れそうになる。

うっかりあえぎ声を響かせてしまわぬよう、もう一度クッションに顔を押しつけ、腰を上げて上向かせるようにすると、アンドレアが背後で衣服を緩める気配があった。

大きな手で尻たぶをつかまれ、狭間を切っ先でひと撫でされて、期待で背筋が震える。

「行きますよ」

「ンっ、んん……！」

ずぶずぶと肉の襞をかき分けながら、アンドレアが熱杭をつないでくる。

想像していたとおりの熱と嵩とを与えられ、もうそれだけで気をやってしまいそうだ。

奥の狭くなっている場所まで届いて先端でぐっと押し開かれ、陶然となっていると、アンドレアがほう、と小さく吐息を洩らした。

「本当に、ヒクヒクとしていますね。たっぷりと潤んで、私を包み込んでくれていますよ？」

アンドレアが言って、腰に手を添える。

「動きます。なるべく、お声に気をつけてくださいね」

「っ……、ぁ、うぅ、ふ、ぅ……！」

優しくゆっくりと、アンドレアが中を行き来し始める。

最初の頃は向き合って前から挿入されることが多かったが、最近は後ろからされることも多い。この体位だと、前から挿れられるよりも深いところまで先端が届くようで、奥のほうで快感を得ることができる。

今夜はいつになく興奮しているせいか、結合部から最奥まで、中がとても感じやすくなっているようだ。長さを十分に使って肉筒を余すところなくこすられ、くぷ、くぷ、と音を立てて抜き差しされるたび、全身が快感でしびれ上がる。

声を立てないようこらえてはいるが、喉奥が悦びで震え、はあはあと息が乱れてしまうのは止まらない。クラウス自身の先端からは透明な蜜がとめどなくあふれてきて、シーツにとろとろと滴り落ちていく。

「あなたが私に絡みついてきます。まるで私を放したくないみたいだ」

「っ、ん」

「中もどんどん熱くなって……、溶かされそうですっ」

アンドレアの言うとおり、体はますます高ぶって、熱を帯びていくようだ。

勢いを増した彼の動きにあわせて腰は淫らに揺れ、肉襞はピタピタと幹に絡みついて、もっともっとと欲しがるようにくわえ込んでいく。

それに逆らおうとしてか、アンドレアが中を穿つ動きが大きくなり、雄が抜けてしまいそうなほどに腰を引かれたので、はめ戻されたところで後ろをぎゅっと絞った。

アンドレアがウッと低くうなり、たまりかねたように言う。

「なんてきつく締めつけるのですっ……、そんなにも奥が、いいのですか？」

「ん、んっ」

「じゃあ、こうすると、もっといい？」

「ふ、ぁっ、ん、ん、んっ、ぁ、あ、あ……！」

肉杭を深く沈めたまま、アンドレアが上体を倒してクラウスの背中を包み込むようにかき抱き、腰を押しつけて小刻みな動きで最奥を突き上げてくる。

逃れようもなく与えられる、鮮烈な快感。まだ始まったばかりだが、こんなふうにされるとひとたまりもない。こらえる暇もなく、腹の底で大きく喜悦が爆ぜる。

「――――っ、くっ、ィ、クっ……！」

ぎゅう、ぎゅう、とアンドレアをきつく絞り上げながら、クラウスが頂に達する。

自身からは白蜜がビュクビュクと吐き出され、シーツにぱたぱたとまき散らされた。

アンドレアは動きを止め、やり過ごしているようだけれど、内腔の収縮はいつまでも止まらない。いつもよりも大きく長い絶頂に、腰を支える膝がガクガクと震える。

（い、い……、もっと、欲し、い……っ）

今夜の欲情はいつになく激しいようだ。達している最中から、早くもさらなる欲望が湧いてくる。

アンドレアに、もっと感じさせられたい。

そしてできれば、彼にも気持ちよくなってほしい。

愉楽を味わいながらそう思って、自分でも少しドキドキする。

オメガが子を宿すには、まずは番の絆を結んだ相手との行為であることが大前提だが、たとえ番であっても、そのときに発情していなければ、オメガが子を孕む確率は限りなく低いと言われている。

とはいえ、「夜伽役」という立場上、アンドレアはいつも己を律している。だからクラウスの中ではもちろん、外でも、彼が射精をしたことはなかった。

でもクラウスは、本当は自分が達するだけでなく、彼にも気をやってほしいと思っている。そうして成熟したアルファ特有のおびただしい量の白濁が放たれるさまを、間近で見てみたいのだ。

否、無駄に吐き捨てられるくらいなら、いっそこの身に浴びせかけてほしい。オメガのこの体に、アルファのほとばしりを余さずぶちまけてくれればいいのに……。

(なんだ、その破廉恥な欲望は……っ)

頂の余韻に震えていたら、今まで一度として覚えたこともなかった、そんな不埒《ふらち》な欲望までが募ってきた。

本当にどうして今夜は、こんなにも淫らなことばかり――――？

「……何か少し、お体の様子が変わってきましたね、クラウス様」

「……？」

「首の後ろのあたりから、ほの甘い、バターミルクのような匂いがしてきます。こうして近づいてみなければわからないくらい、かすかにですが」

アンドレアが言って、クラウスのうなじに顔を近づけ、くん、と息を吸い込む。

「私を……、アルファを惑わせる、かぐわしい香り。これがあなたの、オメガフェロモンの匂いなのですね？」

思いがけないことを言われ、はっとアンドレアを振り返った。

クラウスを間近で見つめる彼の精悍な顔には、いつもと変わらぬ穏やかな表情が浮かんでいる。

でもその澄んだ黒い瞳の奥に、何やら艶めいた劣情の色が覗いていたから、ドキリと胸が高鳴った。

自分がオメガフェロモンを発しているなんて気づかなかったけれど、アンドレアはそれを感じ取って反応しているのか。

もしやこの激しい欲情も、オメガとして体が成熟してきた証し……？

「あなたの体は、確実に熟してきています。こうしているだけで、わかりますよ」

悩ましげに目を細めて、アンドレアが言う。

「もっと気持ちよくなってください、クラウス様。何度でも、お応えいたしますから」

「……ちょ、待っ……！　ぁっ、ぅうっ、んンン……！」

アンドレアがまたしなやかに腰を使い出し、雄を蜜壺《みつつぼ》深くまでズンズンと突き立て始めたから、慌ててクッションにすがりついた。

達したばかりの肉筒を、今度は大きく大胆な動きでかき回され、どうかなってしまいそうなほど感じさせられる。体が昂っているのは間違いないが、こんなふうに立て続けに攻め立てられたら、声を抑えるのも難しくなりそうだ。

(でも、いい……、すごく、いいっ)

心なしか先ほどよりも、アンドレアの動きには余裕がない感じだ。剛直もじわりと嵩を増し、抽挿のたび息が小さく乱れている。

クラウスの匂いに、アンドレアも興奮しているのかもしれない。

「……ぁ、ぅ、ぅう、ふっ……」

声に出して悦びを伝える代わりに、自ら腰を振り立てる。

湧き上がる劣情のままに、クラウスはひたすらに快楽を貪っていた。

(……うぅ……、揺れると腰が痛いな)

翌日、昼前に離宮をあとにしたクラウスの一行は、なだらかな丘陵の上を通る道を、街道に向かって進んでいた。

丘陵は南北に長く続いていて、東側の麓《ふもと》にある細い川が、同盟を結んでいる隣国との国境になっている。

道なりに丘陵を下った先には、隣国の首都からヴァナルガンドの王都まで続く大きな街道が敷かれており、国境の手前には通行の手形等を検《あらた》めるための関所が設けられている。

そこを視察してから王宮に戻るつもりで、昨日は離宮に一泊したのだが、荒淫で酷使した腰には、揺れの大きい丘陵の道は少々つらいものがある。

（昨日はさすがにちょっと、調子に乗りすぎてしまったかもしれないな）

あのあとも、声を立てぬようにしながら、二人は何度も結び合った。

アンドレアは結局己を抑え、達することはないままだったが、やはりクラウスの匂《にお》いのせいかいつも以上に昂《たかぶ》っていたようで、こらえるのに少々難儀していた。

クラウスとしては、いよいよオメガの体になってしまったのだと複雑な思いはあるし、途中、アルファの精液を浴びたいなどという欲望を抱いたのには、思い返すと自分でも頰《ほお》が熱くなる。

けれど、自分がバース転換したことについて、クラウスは以前のように苦い気持ちにはならなくなってきた。「夜伽《よとぎ》」によってオメガフェロモンを発するほどに体が成熟してきたのなら、むしろ半端な状況を脱しつつあるのだと安堵《あんど》の気持ちも湧《わ》いてくる。

アンドレアが何も変わらないと言ってくれたのも嬉《うれ》しかったし、体はオメガになっても、こうして健康で生きていること自体、喜ぶべきことなのかもしれない。

「……クラウス殿下、よろしいですか」

腰をさすりながら馬車に揺られていたら、窓の外にアンドレアが馬を近づけ、声をかけてきた。

関所に近づいてきたのかと思い、窓を開けると、アンドレアが丘陵の下の地平を指さして言った。

「向こうから、隊商の列か何かが街道を通ってこちらへやってきているのですが、どうにも妙な気配がします」

「妙、とは？」

「まず、馬の足の速さが尋常ではありません。まるで、必死にヴァナルガンド領内にたどり着こうとでもしているかのようです」

「よほどの急用なのか、あるいは……、何者かに追われている可能性もあるな？」

「おそらく、そうではないかと。しかしその何者かが……」

「……見えたぞ！　あっ？　なんだあれはっ？」

アンドレアと並んで馬を走らせていた騎士が、望遠鏡を覗《のぞ》いて頓狂《とんきょう》な声を出す。

自分が見たものが信じられないという顔をしているので、クラウスは騎士に訊《き》いた。

「どうした。何が見える？」

「わ、わかりません、異国の馬車と、護衛の乗った馬が見えますが、それに群がるように、鳥のような、獣のような、何か怪しげな黒い影が！」

よくわからないが、どうやら襲われているのは確かなようだ。すかさずアンドレアが言う。

「助けが必要なのではないかと思われます。隊を離れる許可を」

「許可する。騎士と魔術師も誰《だれ》か連れていけ」

短く命じると、アンドレアが騎士を二人と、ヘルベルトを連れて隊列を離れた。

アンドレアたちの馬が丘陵を斜めに下って駆けていく先、長く続く街道の彼方に、ほんのかすかに砂埃《すなぼこり》のようなものが見えているが、ここからは何が起こっているのかよくわからない。関所に詰めている騎士たちの部隊も出したほうがいいだろうか。

「望遠鏡を貸してくれ」

「はい、こちらに」

騎士から受け取り、揺れる馬車の中から砂埃が上がっているあたりを見てみる。

まだ遠いが、確かに何か黒い影が隊商の列に群がっているように見える。

野生の獣か猛禽《もうきん》にでも襲われているのだろうか。

「弓があったほうがいいかもしれない。念のため、関所の分隊にも加勢するよう伝えろ」

「はっ」

騎士の一人が馬を駆り、先に関所に向かう。

クラウスはもう一度望遠鏡を覗いた。

「……あれは……、隊商ではないな。どこかの国の、使節団か？」

近づいてくる砂埃をよく見てみると、馬車は商人が使う荷馬車のようなものではなく、貴人を乗せる四頭立ての馬車だ。護衛も騎兵のようで、長い槍《やり》を手にしている。

群がっているのはやはり獣や猛禽のようだが、しかし……。

（……あんな鳥、見たこともないぞっ……？）

はっきりとはわからないが、飛び回っている猛禽は翼がとても大きく、隊に襲いかかるさまは信じられないほど俊敏だ。

野生の鳥があんなふうに動くのを見たことはない。あれはいったいなんなのだろう。

やがてクラウスを乗せた馬車が関所に到着すると、弓を持った部隊はすでに出ていったあとだった。クラウスは物見の塔に上り、目を凝らして平原の彼方を見やった。

「……あれはもしや、魔物ではないでしょうか？」

一緒についてきた光魔術師のエルマーが、ぼそりと言う。

「魔物？　『東岸同盟』の領内でか？」

「はい。近年はあまり見られなくなりましたが、遠い異国からの旅人について、時折はぐれものの魔物が迷い込むことがあるようだと、ロイド様が」

「そういえば、そんな話を聞いたな……。こちらの手勢だけで、撃退できるだろうか？」

「それほど強い魔力は感じませんし、ご心配には及ばないかと」

エルマーが請け合うように言う。

見ていると、稲妻のような光が何度もカッと光り、そのたびに隊列に群がっている黒い影が一つ、また一つと消えていくのがわかった。光魔術師の支援を受けた騎士たちが、魔力の宿った剣を振るい、弓を射て、魔物を次々に退治しているのだろう。

隊列がこちらに近づいて、肉眼で確認できるようになる頃には、もう魔物の姿は見えなくなっていた。

「遠い異国からの旅人、か。確かにあの馬車、近隣の国々では見かけないものだな。やはり、どこか遠い場所からやってきた使節団なのだろう。出迎えてやらねば」

クラウスは言って、物見の塔を下りて関所の門まで出ていった。

異国の馬車の隊列を引き連れて戻ってきた王国騎士たちに、クラウスは言った。

「よくやった。魔物とやり合ったのか、分隊長？」

関所の部隊の長に声をかけると、分隊長がいくらか興奮気味に答えた。

「は、はい！　あのような魔物は初めて見ました！　光魔術師様がいらっしゃらなかったら、どうなっていたか！」

「魔力はそれほど強くはありませんでした。騎士様方の通常攻撃でも、十分に撃退できたのではないかと」

撃退に加わったヘルベルトが、謙虚に言う。

異国の馬車の隊列を門の中に入れ、最後尾についていたアンドレアが戻ったところで門を閉じて、光魔術師たちに清めの魔法を詠唱してもらう。

ともかくも、無事に助けられてよかった。隊列の中央の立派な馬車に近づくと、扉が開いて中から男性が一人、よろよろと出てきた。

「おお、助けていただきありがとうございます！　もう駄目かと思いました！」

男性はアルファのようだ。褐色の肌に黒髪、長いひげをたくわえていて、このあたりではあまり見ない、ヴァナルガンドから見て南東の国々のものと思《おぼ》しき装束をまとっている。

だが言葉は大エウロパ大陸で共通の言語として使われている汎エウロパ語で、訛《なま》りもまったくない。

身につけている装飾品からも察するに、それなりの教養を身につけた身分の高い者のようだが、どこかの国の貴族なのだろうか。

「ご無事で何よりです。ここは安全ですので、どうぞご安心を」

クラウスは安心させるように言い、丁寧に続けた。

「私はヴァナルガンドの王子、クラウスです。ずいぶんと長旅をなさってきたようですが、あなたはどちらからいらしたのですか？」

「クラウス殿下っ？　なんと、あなた様が偉大なるヴァナルガンドのオメガの王子、クラウス殿下であらせられるのですかっ？」

男性の思いがけない反応に、皆がこちらに注目する。クラウスはうなずき、落ち着いて言葉を返した。

「……そう、ですが……、私のことを、ご存じなのですか？」

「もちろんです！　あなた様にお目通り願うべく、はるばる参ったのですから！」

男性が目を輝かせて言って、クラウスの前に片膝《かたひざ》をつく。

「申し遅れました。私の名はターリク。シャーヒーン王国より、国王ジャマールの名代として参りました」

「シャーヒーン王国、ですってっ？」

大エウロパ大陸の南東部にある、比較的大きな国の名だ。ヴァナルガンドと直接の国交はないが、交易が盛んな大変豊かな国だと聞いている。

ターリクと名乗ったアルファの男性が、うなずいて続ける。

「ヴァナルガンド王国と我が国とを、よき番《つがい》のご縁で結ぶことができましたら、幸いでございます」

「番の……？」

（それはつまり、結婚話ということか？）

どうやら、はるか遠い国からまたしても縁談が舞い込んできたようだ。

王宮で繰り返されるであろう問答を思い、いくらか憂鬱《ゆううつ》な気持ちになりながらも、クラウスはターリクに鷹揚《おうよう》にうなずいていた。

「……なんと……、王位継承順位二位のハイダル王子、ですか？」

「さようでございます。ジャマール国王陛下は、第二王子でアルファのハイダル殿下と、クラウス殿下との婚儀を切に望んでおられます。貴国のご事情を慮《おもんぱか》って、婿入りをと」

シャーヒーン王国の使節団を王宮まで案内し、謁見の間にターリクを通して、宰相のアスマンほか重臣たちとともに話を聞いてみると、やはりターリクが持ってきたのは、クラウスの縁談だった。

婿に入ってくれるアルファとの結婚というのは、王家に世継ぎのアルファが生まれることを望んでいるヴァナルガンド王国としては、譲れない第一条件ではある。

とはいえ、今までの縁談では婿入りすることに難色を示したアルファもいなくはなかった。クラウスと結婚したとしても、ヴァナルガンド王家の血を引く世継ぎのアルファでなければ、王位に就くことはできないからだ。

だが今回の場合、シャーヒーン王国の規模や王子との釣り合いを考えても、向こうが最初からかなり譲歩してくれていると言える。

もしやクラウスがオメガだということは知っていても、それ以上の事情は知らないのではないだろうか。

せっかく遠くからはるばる来てくれたのに、徒労に終わらせてしまうと思うと気の毒な気もするが、黙っているわけにもいかない。クラウスは玉座から真っ直《す》ぐにタークを見つめて言った。

「ジャマール国王陛下のご意向は、よくわかりました。大変ありがたく、もったいないお話ではあるのですが、陛下にお返事を差し上げる前に、こちらからいくつか話しておかねばならない事情があります」

「ほう。それはどのようなことでしょう。ぜひ、お聞かせください」

ターリクが興味深げにこちらを見返す。

クラウスはよどみのない声で告げた。

「私はオメガですが、数年前までは違いました。生まれ落ちたときはアルファで、十七のときに突然オメガへとバース転換したのです」

「その件に関しましては、私どもも存じ上げております」

「ご存じでしたか。ですが、いまだこの身に発情期が来ないことについては、さすがに

「……？」

「それも、聞き及んではおります。わが国でもバース転換は時折起こる現象ですし、そのような場合の発情期の遅れにつきましても、ままあることと認識しております」

「そう、なのですか？」

特殊事情に理解があるのはありがたいが、いったい誰から聞き及んだというのだろう。

そういえば、シャーヒーン王国からそれほど遠くない国から縁談が持ち込まれ、破談になったこともあった。もしや噂《うわさ》として広まっているのか。

「そのあたりのご事情は、国王陛下もご承知の上のことなのですよ、クラウス殿下」

ターリクが言って、噛《か》んで含めるように続ける。

「殿下のご高名は、遠くシャーヒーン王国にまで届いているのです。お父君であらせられる前国王陛下が亡くなられたあと、国王の代行者をなさって、『東岸同盟』の国々との関係もより良いものになったそうで。ジャマール陛下は、そのような殿下の政治手腕を高く買っておいでです。ヴァナルガンド王家の血筋が絶えるのは忍びないと、そのようにお考えなのです！　もちろん、ハイダル殿下も納得された上でのお話ですので、ぜひ婚姻を前向きに考えていただきたい！」

ターリクの熱意のこもった言葉に、重臣たちが目の色を変える。

アスマンが皆を見回してから、こちらに一歩近づいて言う。

「クラウス殿下、はばかりながら申し上げますが、このような素晴らしいお申し出を受けるのは、初めてのことではありませぬか？」

「アスマン……」

「こちらの事情を、こんなにもくんでいただけるとは！　ジャマール国王陛下のお慈悲の賜物ではないかと。ターリク殿のおっしゃるとおり、前向きにお考えになってはいかがでしょう？」

アスマンがそう言うと、ほかの重臣たちも同意を示すようにうなずいた。

確かに話を聞く限りでは、こんなにも条件のいい縁談はそうそうない。

シャーヒーン王国とヴァナルガンド王国とが婚姻関係を結ぶことは、西方で勢力を広げようとしているザカリアス王国に対しての牽制《けんせい》にもなるだろう。

クラウスとしても、悪くない話だとは思うのだが……。

(実際に結婚するかもしれないとなると、やはりどんな相手なのか、気になる)

今までは、だいたい話が進む前に破談になることが多かったので、相手の人柄などを考えるまで至らなかった。

文化的背景も似通った国の王族や貴族が相手だったこともあり、おおかた予想がつくということもあったが、今回は直接の交流もない、異文化の国の王族だ。会ってもみないで前向きにと言われても、正直不安がある。

こちらを見つめて答えを待つターリクを見返して、クラウスは言った。

「ターリク殿、お話は興味深く聞かせていただきました。しかし、その……、シャーヒーン王国と我が国とでは、しきたりや慣習も、大きく違うのではないかと」

「むろん、それはおっしゃるとおりです。ですが、ハイグダル殿下はご遊学の経験もあり、汎エウロパ語も堪能《たんのう》でいらっしゃいます。ご年齢もクラウス殿下とさほど変わりませんし、お考えもとても進歩的でいらっしゃいます」

「しかし……」

さすがに即決できることではないので、どう話すべきか考えていると、不意に謁見の間の入り口のほうから、声が届いた。

「一度、お会いになってみればよろしいのではないですか、クラウス様？」

柔らかい声音に、皆の視線が注がれる。ロイドがいつもの優美な出で立ちでたたずんでいたので、重臣たちが一礼する。

「ああ、ロイド。わざわざ呼び出してすまないな。やはり番にという話だったよ」

実は先ほど、ターリクの話を少し聞いたところで、使いをやってロイドを呼んでおいたのだ。援軍が来たような気持ちで少しほっとしながら、クラウスは皆に告げた。

「ベルランドとシャーヒーン王国とは、古くから国交があると聞いた。それで、ロイドの意見を聞きたかったのだ。ロイド、こちらのターリク殿は、国王陛下の名代としていらしたお人だ」

「おお、あなた様はもしや、ベルランドのご出身なのですか？」

ターリクが驚いたように言うと、ロイドが優雅にうなずいた。

「はい。私はベルランド王家からこちらに参りました。シャーヒーン王家の方とも交流がありましたし、ターリク様のお名前も存じておりますよ。長く王家に仕える名家の方でいらっしゃいますね？」

「なんと、私めのことまでご存じでいらっしゃるとは……、なんたる僥倖《ぎょうこう》！」

「私もそう思いますよ。ベルランドとシャーヒーンには五百年ほどの友好の歴史がありますし、ここでこうしてご縁を取り持つことができますのには、聖獣フェンリルの導きを感じます」

ロイドが言って、クラウスに笑みを向ける。

「シャーヒーン王国は、ヴァナルガンドとはずいぶんと異なる文化を持っていますが、王族を始め、あらゆる面で柔軟な考えをお持ちの方が多い印象です。バース性による差別もまったくと言っていいほどありませんし、光魔術を使う点でも、ヴァナルガンドと似ていると言えましょう」

「そうか。ではロイドも、この縁談を前向きに考えるべきだと？」

「さあ、それはクラウス様のお気持ちもありますので、私からはなんとも……。ですが、やはりお会いになってみるのが一番よろしいのではないかと、そう思う次第です」

そう言ってロイドが、思案げに続ける。

「どうでしょう、よろしければ私からベルランドの兄上に話を通して、クラウス様がお相手の方と会う機会を作って差し上げる、というのは？」

「ベルランドで、ということか？」

「ええ、そのとおりです。クラウス様がお望みでしたら、私も同席いたしますよ。皆様方も、いかがでしょう？」

ロイドの問いかけに、アスマンはもちろん重臣たちも無言で同意を示し、ターリクも目を輝かせてこちらを見る。

別に断ろうと思っていたわけではないが、ロイドにそう言われると、なんとなくむげにはしづらい。どのような人物なのか、まずは会ってみようか。

クラウスはうなずいて言った。

「わかった。ロイド、兄王殿によろしくお伝え願いたい。ターリク殿も、ジャマール国王陛下にそのようにお伝えいただけるだろうか？」

「もちろんでございます！」

ターリクが嬉しそうに言う。

降って湧いたよき縁談に皆がどことなく浮き足立つのを、クラウスはまだいくらか冷静な気持ちのまま、黙って見回していた。


翌日、ターリクはロイドの提案を持って、シャーヒーン王国へ帰っていった。

遠い異国の王族からクラウスに縁談が来たことについては、王宮はもちろん城下にまですぐに知れ渡ったが、アンドレアは詳細を知らない。だからクラウスはその夜、「夜伽」のあとにアンドレアが体を清めてくれている間に、改めて謁見の間での様子を話した。

「……ベルランドで、お相手の方と顔合わせをなさるので？」

「ああ、そうだ。ロイドが提案してくれてな。何しろあまりにも縁遠いというか、文化や慣習が大きく異なりそうな相手だし、俺としてもまずは会ってみるのがいいかなって」

「そういうことでしたか」

クラウスの言葉にアンドレアがうなずき、クラウスの体をリネンで拭《ぬぐ》う手を止めて訊いてきた。

「それで……、殿下のお心づもりとしては、どうなのです。その方とのご結婚を、すでに現実的なものとしてお考えなのですか？」

「うーん……、実を言うとそこは、ちょっと微妙なんだよなぁ」

あの場では、皆の気持ちを考えてなんとなく本心が言えなかった。

だがアンドレアになら話しやすい。クラウスはいくぶん声を潜めて言った。

「おまえにだから言うがな。正直に言うとぜんぜん現実感がないんだ、結婚については」

「そうなのですか……？」

「ああ。まあなんていうか、単純に、新鮮だなとは思ったんだ。オメガらしくない見た目にも、発情期が来ていないことについても、何も言われなかったのは初めてだからな。だけど、だからってそれだけでこの相手がいい！　ってなるもんでもないっていうか。贅沢《ぜいたく》を言っていられる状況じゃないのは、よくわかってるんだが」

ぼやくように言うと、アンドレアがまた小さくうなずいて、クラウスの腕を丁寧にリネンで拭いながら訊いてきた。

「先方は、殿下に発情期が来ていないことまでご存じだったのですか？」

「おおかた今まで縁談を持ってきたうちの誰かが、人にしゃべったのだろうよ。見た目はともかく発情については、オメガと結婚しようと思うからには普通は一番に気にする点だろうに、シャーヒーンのジャマール王という人は、ずいぶんと寛容なお方のようだ」

むろん、親切心だけで王族の婚姻を考えたりはしないだろうから、向こうとしても大陸北部の国と縁を結びたいとか、政治的な理由があるのだろう。

そのあたりはそれとなくロイドの兄王にも意見を訊いてみれば、もう少し相手の意図がはっきりするかもしれない。

「なんにしても、皆少し舞い上がりすぎているように思うんだ。正式に結婚を決めるなら、俺はちゃんと時間をかけて、十分に考えてからにしたい。俺の婿選びにはこの国の将来がかかっているのだからな。それでは悠長すぎると思うか？」

「いいえ。私は殿下のお考えに賛成です。殿下にとっても、一生のことなのですから」

アンドレアがそう言って、ふと思い出したように訊いてくる。

「ときに、あの使者のターリク様というお人は、シャーヒーン王国の王族の方なのですか？」

「王族ではないが、ロイドが言うには、国王の名代をつとめられる程度には位の高い貴族階級の者らしい。汎エウロパ語も完璧《かんぺき》だったし、王の信頼を得ているのだろう」

「それは、確かな情報ですか？」

「ん？　どういう意味だ？」

思いがけない問いかけに顔を向けると、アンドレアが一瞬、はっとしてこちらを見返した。そうしてすぐに何か思い直したような顔になって、すまなそうに言った。

「……いいえ、申し訳ありません。ベルランドとご縁があり、ロイド様が身分を保証なさっている方なのでしたら、何も問題はありませんね。あなたに危険が及ぶようなことになってはと、少し考えすぎてしまいました」

「なんだ、そんな心配をしていたのか。気持ちは嬉しいがそれは杞憂《きゆう》だ。ベルランドも安全な中立国家なのだし、俺に危険などあるわけもない。そもそも、まずは会ってみようということになっただけだしな」

　クラウスは言って、体を拭うアンドレアの手を止めさせた。

「もう十分だよ、アンドレア。そろそろ眠くなってきた。明日は朝から会議だし、もう寝ないと」

「例の、西の国の動向についての会議でしたでしょうか？」

「そうだ。かの国で使われているという怪しげな魔術について、簡単な調査報告が上がってきたのでな。ロイドも出席できるといいのだが」

　夜着をまとい、あくびをしながらベッドに横になると、アンドレアが体にブランケットをかけてくれた。

　少し何か考えるふうに黙ってから、アンドレアが訊いてくる。

「クラウス殿下、シャーヒーン王家の方とのお顔合わせの折にも、いつものように私を護衛として連れていってくださいますか？」

「ああ、そのつもりだが」

「ありがとうございます。謹んで護衛の任をつとめさせていただきます。……では、おやすみなさいませ、殿下」

　アンドレアが言って、静かに寝室を出ていく。

クラウスの身の安全を、ずいぶんと気にかけてくれているようだ。国外に遠出をするのは久しぶりだから、そのせいだろうか。

北の塔の階段を下りていくアンドレアの足音を聞きながら、クラウスはすっと眠りに落ちていた。


ほどなくして、クラウスがベルランドでシャーヒーン王国のハイダル王子と顔合わせをする日取りが決まった。

ロイドがベルランドの王である彼の長兄を通じ、シャーヒーンのジャマール国王との間の仲介をしてくれたおかげで、話は滞りなく進み、クラウスはごく小規模の訪問団を編成して、四日前にベルランドに向けて出発したところだ。

ヴァナルガンドを出て同盟国領内の街道を行き、顔合わせの場であるベルランド領内の保養地まで行く約二週間の旅路には、最初に提案してくれたとおりロイドもついてきてくれている。

護衛隊の隊長には王国騎士団の副団長を任命してあり、アンドレアも随行してくれているのだったが……。

「……どうかなさいましたか、クラウス様？」

馬車の傍《そば》を愛馬に乗って護衛しながら進むアンドレアに、窓越しになんとなく目を向けていると、向き合って座るロイドが不意に訊いてきた。

ロイドはどこか気づかわしげだ。クラウスは慌てて顔を彼のほうに向けた。

「いや。なんでもないよ。ただ、いい天気だなって」

「確かに、とてもいいお天気ですね。この先の、休憩する予定になっている場所は、リア湖でしたね。今日などは青空が映えて、素晴らしい眺めでしょうね」

ヴァナルガンドを出て、隣国の領内に入って今日で二日目。

リア湖畔は二つの街道が交差する交通の要衝で、古くから旅籠《はたご》が多く建っており、町としてとても栄えているが、湖に沿った道を少し行くと美しい森がある。

「あそこで、少し散歩でもしたいな。ずっと馬車に揺られていて腰が痛い」

「あの湖畔の小道は散歩するには最適ですね。よろしいのではないでしょうか。私も少し、森のあたりで休ませていただきましょう」

ロイドが言って、窓から覗く抜けるような青空を見上げる。クラウスも外を眺めるふりをして、またちらりとアンドレアの姿を見やった。

（……こうして見ると、いつもと変わらないんだけどな）

この旅が始まってから、アンドレアの様子がなんとなく普段と違っていて、クラウスはそれが少し気になっている。

こうした護衛任務のときに、彼が眼光鋭くあたりを見回しているのはいつものことなのだが、どうしてか今回は、いつも以上にピリピリしているように見えるのだ。

何か気になることでもあるのだろうか。

アンドレアとは、このところあまり顔を合わせて話をしていなかった。

「東岸同盟」に加盟している同盟国同士で、西方のザカリアス王国についての情報交換をしたり、各国の大臣を招いていくつか重要な会談が行われたりなどしており、クラウスは多忙を極めていたのだ。

アンドレアのほうも、地方から騎士団への緊急の出動要請があったりして、王宮や城下を離れている時期があった。結果として「夜伽」の回数が減っていたから、ゆっくり話をする機会がなかったのだ。

でもよくよく思い返してみると、アンドレアは少し前から、クラウスに対して何か言いたげな様子を見せているときがあった。

いつからだったかは思い出せないのだが、ちょうど顔合わせの日程と場所が決まったことを、彼に伝えた頃だったような……？

「……リア湖畔に到着いたしました、クラウス殿下、ロイド殿下」

アンドレアを散歩の護衛に連れていこうか、などと考えながら、しばし馬車に揺られていると、やがて訪問団の隊列が美しい湖のほとりにある町に到着した。

護衛隊隊長である王国騎士団の副団長に声をかけられ、馬車を降りてみると。

「おお……、やはり風光明媚《ふうこうめいび》なところだな」

空の青と湖の青。頂上付近に雪が残る高い山々に、常緑樹の森。

ほんの子供の頃に、父王に連れられて兄のマヌエルとともに訪れて以来だが、何も変わっていない。

ロイドとともに湖畔の道を歩いていくと、木々が美しい森が広がっていた。

随行の召使いたちが木陰に休息のための場を設けてくれていたので、ロイドがそこに座って、湖を眺めながら身を休める。

クラウスは懐かしい気持ちに浸りながら、もう少し先まで歩いていった。

(確かここで、兄上と水遊びをしたたな)

湖の水際は砂地になっていて、二人で裸足でそこに下りて遊んだのだ。

海というものを見たことはないが、本で読んだことのあるその風景を思い浮かべながら、マヌエルと海賊ごっこをしていたら、全身びしょ濡《ぬ》れになってしまって……。

「殿下、それ以上水に近づいては、お召し物が濡れてしまいますよ」

足音もなくクラウスについてきていたアンドレアが、斜め後ろから静かに声をかけてくる。クラウスは振り返り、アンドレアに訊いた。

「……なあ、おまえは海を見たことはあるか？」

「海、でございますか？」

突然訊《たず》ねられてやや困惑したのか、アンドレアが怪訝《けげん》そうな顔をする。

「大エウロパ大陸の各地を流浪しておりました頃に、一度だけありますが」

「じゃあ、海賊に出会ったことは？」

「海賊……、書物などに出てくる、海に生きる荒くれ男たちのことですか？　それはさすがにありません。なぜ、急にそのような？」

「昔ここで、兄上と海賊に扮《ふん》して遊んだことがあったのを思い出してな」

「そうでしたか。ここは、殿下にとっては思い出の地だったのですね？」

合点がいったのか、アンドレアがうなずき、笑みを見せて言葉を返す。

だがその目は鋭く、さりげなく周囲に向けられている。クラウスの周りに危険がないか、意識を集中して確かめているようだ。

護衛としては何もおかしな行動ではないけれど、やはりアンドレアは、いつも以上にピリピリしているように思える。なぜそんなにも、過敏になっているのか。

「アンドレア。おまえ、どうしてそんなに気を張っているんだ？」

「……？」

「最近のおまえは、少し変だ。ときどき、俺に何か話したそうにもしていただろう？　もしや、何か思うところがあるのか？」

クラウスの問いかけに、アンドレアの表情がさっと曇った。

相変わらず、すぐに顔に出る隠し事のできない男だ。クラウスは小さく吐息を洩《も》らして言った。

「やはりそうか。おまえがそういう顔をするってことは、何か気になっていることがあるということだな？」

クラウスは言葉を切って、あたりをはばかるように声を潜めて続けた。

「この旅か、会談か、あるいは縁談そのものについてか……、いずれにせよ、おまえは例の物事を見極める能力で、何か不審なものを感じ取っている。そうなんだろう？」

念を押すように訊ねると、アンドレアがかすかに眉根《まゆね》を寄せた。

ためらいを見せながらも、アンドレアが言う。

「不審……、とまでは。私の取り越し苦労にすぎないかもしれませんし」

「それならそれでいいじゃないか。言ってみろよ」

「しかし、私のような者が、差し出がましいのではと」

「それはひとまず気にしなくていい。話してくれ、アンドレア」

なだめるように告げると、アンドレアが観念したように黙ってこちらを見つめた。

そうして低く吐き出すような声で言う。

「あの日……、あのターリクという方や、使節団と国境付近で遭遇したとき、よどんだ、血の臭《にお》いがしたのです」

「……？　それは何かのたとえか？」

「いえ、私が感じたままを言いました。実際にそのような臭いがしたのです。あなたに災いをもたらすものの気配だと、私は感じました」

思いがけないことを言われ、戸惑いを覚える。

そんな話は今初めて聞かされたし、気になっていたのなら今回のベルランドへの旅が始まる前に言えばよかったのに。

(でも、あのときは魔物がいた。そのせいじゃないのか？)

アンドレアにとっても、身近で魔物と遭遇したのは初めての経験のはずだ。クラウスは思案しながら訊いた。

「それは……、彼らを襲っていた、魔物の臭いだったのではないのか？」

「私も、当初はそう考えていました。王宮までは何も感じませんでしたし、王宮ではロイド様がいらした。あの方が妙な気配にお気づきにならないはずはありませんから、魔物が発していた邪悪な気を、私がそのように感じただけなのだと思っておりました」

アンドレアが言って、首を横に振る。

「ですがあとから思い返してみると、あの血の臭いは魔物に堕《お》ちた獣のもののようではなかった。私には、やはり人のものだと思えてならないのです。それを、どうにかして覆い隠していたのではないかと」

「そのように考えた理由が、何かあるのか？」

「ありません。私の直感だとしか」

「……なるほど。それは俺でも人に話すのをためらうな。おまえの能力は買っているが、どうにもあいまいすぎるし、他国の王の名代としてやってきた者に対しても、無礼というものだ」

クラウスは言って、アンドレアの言葉を吟味した。

「しかも、それではこの縁談そのものに疑義があると言っているのに等しい。あのターリクを、何か企《たくら》んでいるのではと疑っているということだろう？」

「そういうことになってしまいますが、その……、今回のご縁談については、それとはまた別の理由で賛成しかねるところが……」

「は？　おまえ、この縁談に反対だったのか？」

驚いて訊ねると、アンドレアがあ、と小さく声を洩らし、かすかに瞠目《どうもく》した。

もしや、告げるつもりはなかったのにうっかり口を滑らせてしまったのか。

「申し訳ありません、余計なことを申し上げました。それこそ、私のような者が言うべきことではありませんでした」

「いや、謝ってくれなくてもいいんだが……、そうか。そうだったのか」

確かに、縁談に反対だったとしても、アンドレアはそれを口にする立場ではない。

だが、ターリクへの疑いが直感的であいまいなものなのだとしても、縁談に反対する理由がほかにあるというのなら、それはちょっと聞いてみたい気がする。

「なんだよ、別の理由って？」

クラウスはアンドレアに顔を向け、軽く訊ねた。

「今までだって、俺の結婚話はいくらもあったじゃないか。なのにどうして、この縁談には反対なんだ？」

「……それは……、今までは私も、殿下のご結婚にあまり現実味を覚えていなかったので」

「まあ、それは俺もそうだったし、正直いまだにそうだがな。じゃあこれまでと今回とで、何が違う？」

さらに問いかけると、アンドレアがどうしてか、うろたえたように目を伏せた。

思いがけない反応に、ますますわけがわからない。

「どうした。そんな顔をされるといよいよ気になるぞ？」

「申し訳、ありません……。ですがどうか、これ以上はご勘弁ください」

「言えないような理由なのか？」

「はい。これはもう、絶対に申し上げるべきではないと考えます」

「それはまた、ずいぶんと頑《かたく》なに拒むものだな」

血の臭いとやらも気にはなるが、結婚に反対する理由もとても気になる。クラウスは肩をすくめて言った。

「まったく、意味がわからんな。だいたいおまえは俺の『夜伽役』のくせに、縁談に反対するなんてどういうことだ。俺と抱き合ってるうちに、情でも移ったか？」

からかうようにそう言ったら、アンドレアが目を見開いてこちらを見たので、思わず口をつぐんだ。

こちらを見つめる黒い瞳《ひとみ》には、今まで見たこともないほどの狼狽《ろうばい》の色が浮かび、口唇《くちびる》はかすかに震えている。

ほんの冗談で言ったのに、どうやら本気で動揺しているようだ。アンドレアがこんな表情を見せるのは初めてだったから、こちらも動揺してしまう。

「……なん、だよ？　おまえ、なんて顔して……」

今までの縁談と今回とで変わったことといえば、「夜伽」が行われ、二人が同衾《どうきん》していることくらいだ。それはクラウスの発情をうながすためで、やがてオメガとしてアルファの婿を迎えるために行われている行為だ。

それなのに、まさか本当に……？

「アンドレア、おまえ、もしかして――」

恐る恐る訊ねかけた、そのとき。

湖のほうからヒュッ、と強い風が吹いてきたと思ったら、抜けるほどの青空がみるみる黒灰色の雲に覆われ、あたりが暗くなってきた。

「……なんだ、これはっ？　急に天候が……？」

「殿下、下がって！」

アンドレアがさっと動いて、クラウスの腕を引いて水際から小道へと連れ戻す。

広い背中でクラウスをかばうように前に立ち、アンドレアがキンと音を立てて剣を抜いた次の瞬間、湖の水面に何本もの水柱がドッと上がった。

「うわぁ！」

いきなりの出来事に、驚いて身を固くする。

竜巻でも起こったのかと思ったが、立ち上がった水柱は浮草を巻き込んで一瞬で凍りつき、何本もの氷柱に変化する。

いったい、何が起こって……？

（……あれは……！）

アンドレアの肩越しに湖を見ると、氷柱の上に黒いローブをまとった人影が三人ほど現れ、何か詠唱し始めるのが見えた。

どうやら人影は魔術師のようだが、顔は頭巾で隠れて見えない。低く重々しい詠唱は今まで聞いたことがないものだ。あたりにただならぬ気配が満ちてきて、何か嫌な臭いがしてくる。

この臭いは、いったい。

「逃げますよ、殿下」

「え」

「走って！」

アンドレアに鋭くうながされ、小道を町のほうへと走り出す。

しばらく行くと、森の木陰に護衛の騎士たちや随行の召使いたち、それにロイドの姿が見えてきたのだが。

「危ない！」

アンドレアが背後からクラウスをかき抱き、覆いかぶさるように地面に伏せさせる。

するとクラウスが走っていたあたりを、巨大な鷲《わし》の化け物のようなものがびゅんと横切った。自分が見たものが信じられずに息をのんでいると、背後から低い男の声が響いた。

「あそこに騎士と光魔術師がいる。先にあいつらを殺《や》れ！」

「……なっ？」

背後から巨大な怪鳥が何羽も飛んできて、騎士や召使いたちに襲いかかる。

異変に気づいたロイドが、魔法で防御壁を作って皆を守るが、何人かは怪鳥の爪《つめ》にわしづかみにされ、大きく投げ飛ばされて地面に叩《たた》きつけられた。

ロイドがこちらに目を向けて、はっとした顔をする。

「クラウス様、後ろ！」

「っ？」

地面に伏せたまま振り返ると、黒いローブの魔術師たちがまた低く何かを詠唱しながら下りてきて、こちら目がけて無数の黒い氷の矢を放ってきた。

アンドレアが身をひねって立ち上がり、クラウスをかばいながら、剣で次々にそれを打ち落としていくけれど……。

「ぐっ……、なんだ、この矢はっ……！」

黒い氷の矢がアンドレアの腕や肩をかすめると、それが縄のようにぐにゃりと形を変え、動きを封じるみたいに体に巻きついてぐいぐいと締め上げ出した。

動きを制限されたせいか、アンドレアが剣を振るいながら膝をついたから、思わずはがそうと手を伸ばしたが、彼が落としきれずにこちらに届いた矢はクラウスの体や足にも巻きついてきた。

「く、そっ、なんだこれっ！　動、けな……っ」

縄というよりも、それは何かぬめぬめとした、蛇のようにそれ自体でうごめくものだ。先ほどの嫌な臭いが体に絡みついて、吐きそうなほど気持ちが悪い。

「暴れるなよ、クラウス王子。あんたは無傷で届けろと言われている」

「なっ？」

「何しろ希少なビッチング・オメガだからな。世の中には物好きもいるということか」

魔術師たちのリーダー格と思われる、頭巾の下に白い仮面をかぶった男が、もがくクラウスにせせら笑うように言う。それからアンドレアを一瞥《いちべつ》して、冷たい声を落とす。

「だがおまえはここで死ね、シレアの戦士」

「……っ、ぐ、ううっ」

アンドレアの体に巻きついた黒い蛇のようなものが、巨軀《きょく》をぎりぎりと締め上げる。

アンドレアの腕や首からピシッと音がして、赤い血が噴き出してきたから、魔術師が彼を絞め殺そうとしているのだとわかった。

クラウスは半狂乱で叫んだ。

「……やめろっ、やめろっ！」

「二人を放しなさい！」

ロイドが叫び、怪鳥の攻撃をかいくぐって魔術師たちに光を放つ。

強い攻撃魔法が炸裂《さくれつ》し、魔術師たちが跳ね飛ぶが、仮面の魔術師だけはそれを弾《はじ》き返し、逆にロイドに攻撃を浴びせた。

ロイドがそれをいなすようによけると、代わりに攻撃が当たった傍らの森の木がどろりと溶け、腐臭を放って一瞬で朽ち果てた。ロイドが驚愕《きょうがく》しきった声で言う。

「……これは……、闇《やみ》魔術……？」

「そうとも。光には、闇ってなあ！」

「ロイド……っ！」

再びの仮面の魔術師の攻撃が、今度はロイドを直撃し、彼が大きく跳ね飛ばされる。魔法で防御したのか体が溶けはしなかったが、ロイドは先ほど朽ちた木の幹に叩きつけられ、苦しげにうめいて気を失ってしまった。

信じられない。ヴァナルガンド随一の光魔術師が、ほとんど手も足も出せないなんて。

(闇魔術……、こんなにも強力なのか！)

初めて目にする恐ろしい力に、ゾクリと背筋が震える。

確か、ザカリアス王国で使われているらしい怪しげな魔術について、大エウロパ川西岸地域と国交のある国が提出してきた調査結果に、闇魔術ではないかと書き記されていたものがあった。

そんな禍々《まがまが》しい術でアンドレアを殺されるなんて絶対に嫌だ。助けなければと焦った瞬間、彼が渾身《こんしん》の力で腰に下げたもう一本の剣――ルイーザの剣を抜いて、己に向かって振るった。

「うおおっ！」

アンドレアが雄叫《おたけ》びを上げ、光の魔法が宿った剣で彼の体を締め上げる蛇のようなものを断ち切る。

身が自由になると、アンドレアがすかさず仮面の魔術師に近づき、剣を大きく一閃《いっせん》した。

魔術師が一瞬早く後方に飛びのいたが、逃がすまいと切り上げたアンドレアの剣先が白い仮面をとらえ、パンと真っ二つに割れる。

「……っ！　おまえはっ……！」

仮面の下から現れたのがターリクだったから、頭の中が真っ白になる。

アンドレアがなおも切りかかろうとするが、ターリクが放った衝撃波のようなものを腹に受け、大きく後方に弾き飛ばされてしまった。

悪びれもせずにやりと笑って、ターリクが言う。

「やれやれ、これだから嫌なんだよ、シレアの戦士ってやつは。やたら勘が鋭くて、馬鹿力で拘束魔術すら打ち破る。先に殺っときゃよかったぜ！」

「ターリク……！　我々を謀《たばか》ったのかっ？」

「謀るも何も、俺は闇魔術師だ。気づかなかったあんたらが間抜けなだけだよ！」

ターリクが両腕を広げ、不敵に笑って魔力を高めてみせると、あたりが腐臭で満ちた。

アンドレアの言っていたことは、正しかったのだ。この鼻につく悪臭は闇魔術によるものので、おそらく彼が言っていた「よどんだ血の臭い」と同じものなのだろう。

でも、なぜかこの臭いには覚えがある。闇魔術など生れて初めて目にするのに、いったいいつの記憶なのか――――？

「……と、時間切れだ。シレアの戦士を殺るのはまた別の機会だな。おい、行くぞおまえたち！」

ターリクが黒いローブの魔術師たちに告げ、指笛を吹く。

「な……、う、うわああっ！」

騎士や召使いたちを死傷させて戻ってきた怪鳥が、いきなりクラウスの体をわしづかみにし、そのまま空高く舞い上がる。

こちらに手を差し伸べ、悲痛な声で何か叫んでいるアンドレアの姿がみるみる小さくなっていくのを、クラウスはなすすべなく見ているしかなかった。


「帝都に入ったぞ、オメガ奴隷ども！　おまえたちが死ぬまで奉仕する場所だ。この繁栄をよぉく目に焼きつけておけ！」

「うっ……」

奴隷監督官を名乗る男の訛りの強い汎エウロパ語とともに、荷馬車の幌が巻き上げられる。まばゆい光に、クラウスは思わずうめいた。

ここがどこなのか今すぐに確かめたかったが、陽光を浴びるのが久しぶりすぎて、まぶしさでよく目が見えない。

(俺は本当に連れてこられたのか、ザカリアス王国に？)

ヴァナルガンドの隣国の湖畔の町でターリクら闇魔術師たちに襲われ、怪鳥に連れ去られたクラウスは、気を失っている間に半裸にされて手枷《てかせ》と足枷《あしかせ》をつけられ、分厚い幌で覆われた馬車の荷台に放り込まれていた。

時折水と粗末なパンだけを与えられてはいるものの、昼夜問わず馬車に閉じこめられて家畜のように運ばれているので、あれから何日経っているのかもよくわからない。

だが荷馬車には、同じようにどこからか連れ去られてきたらしいオメガばかりが十数人も集められ、足を鎖でつながれていた。彼らと奴隷監督官の言葉から、どうやらこの荷馬車は西の果てにあるザカリアス王国の都に向かっているようだとわかったのだ。

こうして連れ去られてきたオメガは、かの国ではほとんどが後宮に入れられ、ザカリアス帝国皇帝を名乗るアルファの現国王、ダミアンの奴隷にされるのだという。

「ここが、帝都……？」

「すごい、こんなに人がたくさんいるの、初めて見た」

クラウスの傍に座るオメガの少年たちが、ぼそぼそと言う。

不当な扱いに何度も抗議したせいで、クラウスは猿ぐつわを噛まされていて声が出せなかったが、目が光に慣れてきたので、首をもたげて窓の外を見てみた。

「……！」

大きな通り沿いにどこまでも建ち並ぶ巨大な建築物と、洪水のような人の波。

大エウロパ川東岸にも大都市はいくつかあるが、ここまでの都市は見たことがない。

通りには荷車や馬車がひしめいていて、道行く人々の装束は皆豪奢《ごうしゃ》だ。

建物の外壁には上層階まで美しい意匠が施され、通りに面した階には大きな入り口があって、裕福そうな人々が始終出入りしている。

街の開けた場所には噴水のある公園があり、大きな市場には新鮮な野菜や果物がうずたかく積まれているのが見える。

桁違《けたちが》いの豊かさに、圧倒されるけれど……。

(裕福なのは一部の人間だけ、か)

よくよく見てみると、派手な衣服をまとって大手を振って歩いているのはアルファばかりだ。オメガは存在自体が見えず、人口比で八割くらいはいるはずのベータも、羽振りがよさそうな者は五人に一人くらいしか見当たらない。

荷運びをしている者や馬車の御者、市場の売り子、アルファの後ろをついて歩いている召使いなど、さまざまな労働を担っているのはほぼベータのようだが、半分くらいはこの国に元々暮らしていたのではない、別の民族のように見える。

足に枷をつけられた明らかな奴隷もいて、道ばたで荷車から荷物の上げ下ろしなどをしているが、時折監督官からわけもなく鞭《むち》を振るわれている。中には胸や肩に見覚えのある刺青《いれずみ》が覗いている者も見えるのだが、彼らなどはもしかしたら、流浪の末にこの地にたどり着いたシレアの民なのかもしれない。

あまりにもわかりやすすぎる階級社会。この国の豊かさが、ベータやオメガ、そして他民族を虐げることによって成り立っているのは、ここに来たばかりのクラウスにすらわかった。

そんな国に、自分は「オメガ奴隷」として連れてこられたのだ。

「宮殿に着いたぞ！　降りろオメガ奴隷ども！　これから皇帝陛下や高貴な方々の前に出るのだ。慎《つつ》ましく頭《こうべ》を垂れ、決して無礼を働くのではないぞ！」

奴隷監督官に命じられ、全員鎖でつながったまま荷馬車から引きずり下ろされる。

薄暗い石畳の通路を鞭で追い立てられながら歩かされ、やがて建物の裏庭のような場所に引き出されて、無理やり地面にひざまずかされた。

馬車から出されてみると、自分が半裸であることを思い知らされる。屈辱感を覚えているクラウスの眼前、庭に面したバルコニーに、豪奢な装束のアルファが五人ほど現れた。

「ほう、今回はなかなかの大猟ではないか！」

「本当に。毛色も肌色もさまざまですな」

「おや、もしやあれが噂のビッチング・オメガですかっ？」

「なるほど、元アルファだというだけあって、体つきは本当にアルファの少年のようだ」

「気も強そうですね。これは調教しがいがありますぞ！」

「……っ……！」

露骨に性的な品定めされ、思わず顔を上げて五人をにらみつける。すると監督官が、背中をぴしゃりと鞭で打ってきた。

「頭を上げるな、無礼者めが！」

「う、うっ」

頭を押さえられ、背中をもう一度鞭打たれて、きつく猿ぐつわを噛みしめる。

今回は、ということは、これが初めてではないのだろう。ロイドが言っていたように、ここではこうした連れ去りは当然のように行われているのだ。

あの闇魔術師のターリクは、この国に雇われてでもいたのだろうか。

「……ビッチング・オメガか。どんなキワモノかと思っていたが、存外美しいではないか？」

五人のアルファのうちの一人、ひときわ貫禄《かんろく》のある男が楽しげに言って、奴隷監督官に告げる。

「そのオメガを身綺麗《みぎれい》にして、今宵《こよい》の宴に連れてこい。鞭の痕《あと》一つ残すのではないぞ？」

「はっ！　かしこまりました、皇帝陛下！」

監督官が直立不動で答える。あれが国王、いや皇帝を自称するダミアンなのか。

「こやつらを後宮に連れていけ！　世話係の者を叩き起こして、宴までにこのオメガを磨き上げさせるのだ！」


引きずられるようにして連れていかれた後宮は、宮殿と地下でつながっている場所にあり、外からの侵入も中からの脱走もできぬよう、厳重に警備されていた。例の闇魔術によって出入り口が封じられているのか、あのよどんだ血のような臭いもする。

クラウスは一緒に連れてこられたオメガたちと足を鎖でつながれたまま、まずは大きな湯殿に入れられ、ベータの奴隷たちの手で体を洗われた。

その後、鎖を外されて大きな広間に連れていかれると、そこには半裸のオメガが数十人いた。皆あまり感情のない目をしていて、特にこちらに関心を持っているようではない。新入りなど、珍しくもないのだろうか。

「おまえはこっちだ！」

「っ……」

今夜、宴とやらに連れていかれるからなのだろうか。クラウスだけが別の部屋に放り込まれる。

そこは殺風景な部屋で、粗末な長椅子《ながいす》や寝台があり、壁には大きな鏡がかかっていた。

全身が映るその鏡に、枷や猿ぐつわをつけられた半裸の自分の姿が無残に映し出される。

(奴隷……だなんて)

荷馬車に乗せられている間は考える余裕もなかったが、クラウスは謀られ、囚《とら》われて連れ去られた。そして他国の為政者の性奴隷の身に落とされ、これからその餌食《えじき》にされようとしている。

自分の身に降りかかった出来事を思うだけでも、身の毛がよだつけれど。

「くっ……！」

(俺がいなくなったら、ヴァナルガンドはどうなる……！)

うかつにも謀られた自分に激しい怒りを覚え、声にならないうめき声を上げる。

自分がアルファと番《つが》い、世継ぎの子を産まなければ、ヴァナルガンドは聖獣フェンリルの加護を得られず力を失うのだ。そしてやがては、それこそザカリアスのような覇権国家に食い尽くされることになるだろう。

民たちは隷属させられ、鞭打たれて過酷な労苦を強いられる。オメガは一人残らず犯され、アルファの権力者たちの子産みの道具にされる。

考えただけでも、心が引き裂かれそうだ。

まさか、これがヴァナルガンドの運命だったのだろうか。王家の血もクラウス自身の命も、こんなところで絶えるのか。

絶望の淵《ふち》に落ち、くずおれそうになった、その刹那《せつな》――。

「……！」

なじみのあるひやりと冷たい空気を感じ、はっと顔を上げる。大きな鏡の中にほんの一瞬、白銀の狼《おおかみ》の影が見えた気がしたから、猿ぐつわの下でうなった。

姿は見えず、言葉を交わすこともできないが、間違いなくフェンリルの気配だ。王族としてあまりにもふがいない自分を、それでもなお見守ってくれているのだろうか。

（……もしやこの状況も、俺に課された試練なのか……？）

オメガにバース転換したとき、クラウスは一度だけ、己《おの》が運命を呪《のろ》ったことがある。

だが祈りの間で毎日必死に祈るうち、変わらず寄り添ってくれるフェンリルに心を慰められ、どのような運命に翻弄《ほんろう》されようとも、王族として誇りある生き方をしなければと思うようになった。

守護聖獣フェンリルの加護は、いつでもクラウスの傍にある。ならばヴァナルガンドの王子として、命の尽きるその瞬間まで何一つ諦《あきら》めるべきではない。

クラウスはどうにかそう思い直し、毅然《きぜん》と顔を上げて鏡の中の己の姿を見据えた。

（俺は一人だが、同時に一人ではないんだ）

クラウスの連れ去りの現場にいた人間、ロイドやアンドレアが無事であれば、闇魔術の線から真っ先にザカリアス王国の関与を疑うはずだ。

同盟国との間で情報を共有してくれれば、大エウロパ川の西から迫りくる脅威に危機感を持ち、協力して対処しようという機運が生まれるだろう。

ともに戦ってくれる者がいれば、少なくとも民を守ることはできる。

今の自分にできることがあるとすれば、皆を信じることだ。

それにしても――――。

（アンドレアは、危険を察知していたのにな）

あんな事態まで予想していたわけはないだろうし、どこまでがターリクの陰謀なのかもわからない。

だが、あの縁談に何か違和感を覚えていたのに、アンドレアがそれをクラウスに告げなかったのは、おそらく彼には、そうすることができなかったからだ。

こちらは気安い間柄だと思っていたけれど、彼にとってはそうではなかった。だからクラウスの縁談に疑義があっても、自分の立場では余計なことは言えない、黙って護衛の任に就こうと、彼はそう考えて行動していたのだろう。

もしかしたら、ほかにも何か言いあぐねていることがあったのかもしれない。

アンドレアにそうさせた理由は、やはり自分はあくまで異邦人なのだという気兼ねだろうが、そこに気づかなかったのは、クラウスが主人として力不足であるせいだろう。

国を滅ぼされて流浪の民として生き、他国に身を寄せることでしか生き延びることができなかった、シレアの民としての彼の心情。

自分はそれをきちんと理解できてはいなかった。アンドレアのことをわかっていたつもりで、何もわかってはいなかったということだ。

そしてそれは、「夜伽」を通じて彼の心に生まれた、「絶対に言うべきではない」想いについても同様で……。

（……おまえは俺を想ってくれていたのか、アンドレア？）

そんな想像をするだけで、切なさに胸がきゅんとなる。

訊いたところで答えてはくれなかったかもしれないけれど、こうなってみると、その答えを切実に聞きたい。

なぜならそれは、自分が何よりも欲しかった言葉なのではないか、という予感があるからだ。

アンドレアにともにいてほしいと、クラウスはずっと思っていた。将来は自分が王になり、その右腕として傍にいてほしいというのが、幼い頃からの夢だった。

でもそれは、自分がオメガにバース転換しても、二人の関係が少年期の親しい間柄から主従として一線を引いた関係へと変化しても、本当は叶《かな》うはずの夢だったのではないのか。

アンドレアが自分に対して忠義を尽くしてくれることに、変わりはないからだ。

それなのに、頑なに主従の関係を貫くアンドレアの態度を、クラウスは寂しく思っていた。それはもしかしたら、本当は少年期の親しみの中にこそ、自分が本当に求めていた彼との関係があったと感じているからなのではないか。

自分はただ、彼にずっと傍にいてほしかった。生まれや立場など関係なく心を通わせ合って、この先も一番近くで自分を見ていてほしかった。

心の奥底にそんな想いがあったからこそ、自分はアンドレアを「夜伽役」などに選んでしまったのではないか。そうすれば、誰よりも近くにいられるから――――。

「……失礼します」

己を省みているうちに、思わぬ気持ちの存在に気づいてドキリとしていると、慎ましい声とともに、クラウスよりもいくらか年が上に見える小間使いのような服装のベータ男性が一人、部屋に入ってきた。

「あなたの身づくろいを任されました、コンラートと申します」

コンラートと名乗ったベータが礼儀正しく言って、頭を下げる。

先ほど奴隷監督官が世話係と言っていた者だろうか。汎エウロパ語に少し北東部の響きがあるところをみると、もしやヴァナルガンドの近隣国の出身なのではないか。

コンラートが猿ぐつわを外してくれたので、クラウスはかすれた声で訊いた。

「あなたは、もしや大陸北東部の生まれではないか？」

「……！　なぜそれをっ？」

「俺はヴァナルガンド王国の王子、クラウスだ。あなたも連れ去りに遭ったのか？」

クラウスの言葉に、コンラートが目を丸くする。すぐに部屋の入り口まで行き、注意深くドアを閉めて戻ってきて、潜めた声で言う。

「あなた様のことは存じております。私は昨年まで、隣国エゴンで宮廷光魔術師をしていました。『東岸同盟』の国々から拉致《らち》されてきたベータやオメガもここには何人かいますが、まさかヴァナルガンドの王族であるあなたが、連れ去りに遭われるなんて！」

コンラートが嘆くように天を仰ぎ、顔を歪《ゆが》ませて続ける。

「ああ、クラウス様、ここは地獄です！　ダミアン王はオメガに子を孕《はら》ませるためではなく、もてあそぶためにここに集めています。あえて番を作らせず、発情してもなんの手当てもしません。王や貴族たちで慰み者にしたり、他国の賓客にあてがって接待させたりするのです！」

「な……、そんな、ことをっ……？」

「ダミアン王は他民族を人だとは思っていません。オメガは特にそうです。奴隷にしてひどく扱って死んでしまっても、また拉致してくればいいとしか思っていない。闇魔術に魅入られた、魔王なのです！」

そう言って、コンラートが泣き出す。

ここに来るまで、遠い国の王が傲慢《ごうまん》にも自ら皇帝を名乗り他国を侵略し始めている、というくらいの認識しかなかったが、まさかそんなにも恐ろしい王だったなんて。

(黙っては、いられないな)

囚われの身ではあるが、一国の王子としてこんなことは見過ごせない。

クラウスは少し考えて言った。

「俺は元アルファのオメガだ。おそらくはオメガとして変わり種であるがゆえに狙《ねら》われたのだろう。だが俺は、オメガである前に一国の王子だ。なんであれ不当な扱いを許すつもりはない。同盟国の民が連れ去りに遭ったというのなら、それも含めて厳重に抗議したいと思っている」

「クラウス、様……！」

「どんな姿に身をやつしていようとも、俺には守るべき民と国がある。ヴァナルガンドの王族として、最期まで誇りを持って生きたいのだ。だからどうか、あなたの手でふさわしい姿にしてくれないか」

クラウスの毅然とした態度に、コンラートが少し驚いたように目を見開く。

やがて小さくうなずいて、鏡台から櫛《くし》を取り上げ、クラウスの髪をとかし始めた。

その夜、クラウスは後宮の部屋から連れ出された。

局部だけを申し訳程度に布で覆われた格好で、腕は枷で拘束され、首にはチョーカーの上から鎖のついた太い革の首輪をつけられている。

豪奢な宮殿の中を、奴隷監督官に鎖を引かれて歩くのは屈辱的だったが、コンラートのおかげで顔や髪は整えられ、肌の鞭の痕も綺麗に消えた。

王族としての誇りを失わぬよう、顔を上げて歩いていくと、長い回廊を渡った先、宮殿の奥のほうから、何か怪しげな気配がしてきた。

閉じた扉に近づくにつれ、悩ましげな嬌声《きょうせい》や悲鳴のような声も聞こえてくる。

監督官が重い扉を開け、クラウスを部屋の中へと引き入れると。

「……っ……」

香のようなものが焚《た》きしめられた薄暗い広間。

壁に並ぶ燭台《しょくだい》のろうそくの明かりが照らし出すのは、淫《みだ》らに絡み合ういくつもの人影だ。

いたいけなオメガを何人も侍《はべ》らせ、手や口や体で己に奉仕させているアルファは、先ほどテラスで見かけた貴族の一人か。

拘束されて泣き叫ぶオメガを容赦なく犯すアルファや、一人のオメガに数人で群がり、順に攻め立てて楽しんでいるアルファたちも、おそらくは身分の高い者たちなのだろう。

奥まった上座に座っているダミアンの傍らにも、年端もいかない華奢《きゃしゃ》なオメガがいて、ダミアンに淫具で尻《しり》をまさぐられていた。

陰惨でおぞましい「宴」の様相に、胸が悪くなりそうだ。

「……ビッチング・オメガか。やはり悪くないな」

ダミアンがこちらに目をやって、くくっといやらしく笑う。

「オメガのような見た目に、少年のアルファのごときしなやかな身体。なんとも倒錯的で、嗜虐心《しぎゃくしん》をそそる姿ではないか。そなた、名をなんという？」

好色な目つきで舐《な》めるように見られ、名を訊ねられて、恥辱で頭が熱くなる。

クラウスはダミアンをねめつけ、胸を張って言った。

「我が名はクラウス。大エウロパ川東岸の、ヴァナルガンド王国の王子だ！」

声が届いたのか、部屋が一瞬静かになる。好奇に満ちた視線が自分に集まるのを感じながら、クラウスはさらに続けた。

「独立国家の王族として、このような不当な扱いには断固抗議する。また、ここには私と同じように連れ去りに遭い、無理やり連れてこられた同盟国の民もいると聞いた。彼らと私とを即刻解放することを、ザカリアスの王に要求する！」

きっぱりと告げると、ダミアンが面食らったような顔をした。

それから大きな体を揺らし、愉快そうに声を立てて笑う。

「ふははは！」

豪快な笑い声につられて、ほかの貴族のアルファたちも失笑する。

だがこちらを見るダミアンの目は笑ってはいない。軽く手を上げると、監督官が鞭を振り上げてクラウスの背中をぴしゃりと打った。

「っ……！」

「この無礼者め！　皇帝陛下の御前であるぞ！　膝をつけ！」

二度、三度と鞭で打たれ、たまらず床に崩れ落ちる。ダミアンが嘲《あざけ》るように言う。

「ふふ、なかなかに気の強いオメガだ。余にそのような口をきくとは」

「く……」

「だが貴様が何者であれ、もう我が奴隷なのだ。今からそれをよく教えてやろう。こやつをクラーケンに食わせろ！」

「っ？　な……、ううっ！」

監督官がクラウスの首につないだ鎖を引いて、部屋の中央までずるずると引きずっていく。そこには天井から太い鎖が下りており、監督官はそれをクラウスの腕を拘束する枷の金具にかちりと留めた。

それから部屋の壁際へ行き、突き出ているレバーをぐんと上にあげる。

「っ……？」

鎖が引き上げられ、クラウスの腕が吊《つ》り上げられて体が宙に浮いた瞬間、床板が左右に開いた。

真下には大きな水槽があり、濁った水からは例のよどんだ血の臭いがしてくる。何か得体の知れない暗褐色の物体がとぐろを巻いているが、あれはいったい……？

「うわあっ！」

いきなり水槽の中から太くてうねうねしたものが何本も出てきて、宙に吊るされたクラウスの足に絡みついてくる。

ぎょっとして蹴《け》り離そうとしたが、ぬるぬるとぬめるそれがクラウスの足首をとらえ、きゅぷきゅぷと気持ちの悪い音を立てて内腿《うちもも》を這《は》い上がってくる。

リア湖畔で体を拘束してきたあの蛇のようなものと似ているが、これはもっとずっと柔軟に形を変える。その感触とよどんだ血の臭いとに、今まで感じたことがないほどの恐怖と嫌悪を覚えていると、ダミアンが楽しげに言った。

「そやつはクラーケンだ。余が北の海で拾った闇の魔物だが、オメガの体をしゃぶりつくすのを何よりも好む」

「なっ！　はな、せっ！」

「安心するがいい。食らうのは肉体ではなく体液だけだ。クラーケンの触腕でその身を奥の奥まで開かれ、愛撫《あいぶ》によって今宵一晩休みなく快楽を味わい続ければ、そなたも少しは素直になるだろう。それまで正気でいられればの話だがな」

「や、めっ、ぅぐ、ううぅっ」

体に絡みつきながら首まで上がってきたぬめるもの――触腕が、口腔《こうこう》に入り込んでうねうねと中をまさぐる。

それだけでも吐きそうなので、快楽などほど遠いと思えるのだが、この嫌悪感を一晩味わわされたら、確かに正気ではいられないかもしれない。

皮膚を這い回る触腕の感触はぬるぬるとしていて、全身の毛穴から冷たい汗が出てくるほどぞっとする。表面に細かい吸盤状のものがついているのか、動かれると摩擦感があって痛いほどだ。

だが胸をこすられたら、意図せず乳首が硬くなった。

すると触腕が、まるでそれ自体が意思を持ってでもいるかのように、そこを執拗《しつよう》にこすり立ててきた。

「んっ、う、ふう」

体中が壮絶に気持ち悪いのに、刺激に反応して妙な声が出てしまう。

胸に触れられぬよう身をよじって抵抗するが、触腕は局部を覆う布の中にも入ってきて、欲望や双果に巻きついてやわやわと絞り上げてきた。そうして尻たぶをなぞって、後孔の

入り口を探ってくる。

そこだけは嫌だと思い、懸命に脚を閉じようとするが、両脚に絡みついた触腕に難なく脚を開かれた。

ぬめる触腕の先端が、クラウスの窄《すぼ》まりをぬるっと撫《な》で、そのまま中に侵入してくる。

「う、ぐっ、ううううっ――――」

内筒にずるずると触腕が入ってくる感覚に、嘔吐感《おうとかん》を覚える。

異物に体を侵されていることをありありと感じて錯乱しそうだが、ぐちゅぐちゅと音を立てて中を何度も行き来されると、次第に腰にしびれが走り始める。

魔物に凌辱《りょうじょく》されているのに体が淫らな反応をし出したのを感じ、愕然《がくぜん》としていると、ダミアンが忍び笑うように言った。

「ほう、そなた、すでに肉の悦《よろこ》びを知っておるのか？」

「っ！」

「くく、そうか。慣れた体は心よりも先に堕ちる。そなたの王族としての矜持《きょうじ》が崩壊していく様は、見ものだな」

「ううっ、ふううっ、ぐううう……！」

触腕の動きが大きくなったので、喉奥《のどおく》で悲鳴を上げる。

ダミアンの言うとおり、すでにアンドレアによって開かれているクラウスの体は、刺激ですぐに昂るようになってしまっているのだろう。

心は激しく抵抗しているのに、体は徐々に触腕を受け入れていく。感じるところをずるずるとこすられたら、中がじわりと潤んできたのもわかった。

まさかこんなふうになるなんて。

(嫌だ……、嫌だっ)

クラウスが享受してきた悦びは、アンドレアとともにあった。

彼が相手だから、オメガとしてアルファに抱かれることを受け入れられた。どこまでも大胆になれたし、素直に気持ちいいと感じることもできていたのだ。

クラウスが求めていたのはただの快楽ではなく、アンドレアと作り上げる悦びだ。

それは体の快感だけではなく、心の喜びをも含めた、もっと大きな愉楽だったのだ。

(俺は、アンドレアしか欲しくない……、俺は、アンドレアを……！)

心の奥底に秘めた想いが、胸にあふれそうになった瞬間。

魔術を詠唱するような声がかすかに聞こえ、広間のろうそくがすべて消えた。

一瞬で訪れた暗闇。アルファの貴族たちから戸惑ったような声が上がるが、なぜかその声は順に途絶えて、まるでその代わりのように、新鮮な血の臭いが漂ってくる。

いったい何が起こっているのか。

「……っ……？」

足の下あたりでばさり、ばさりと肉を切り裂くような鋭い音が聞こえ、次いで触腕が力を失ってぼたぼたと水槽の中に落ちていく音がする。

淫靡《いんび》な責め苦から解放されて震えていると、体を何者かに抱きかかえられ、床に下ろされて鎖を外された。

手首の枷を断ち切ってくれたその何者かの体からは、クラウスがよく知っているかぐわしい匂いがしてくる。

この匂いは――――。

「アン、ドレア……？」

「……はい。大変遅くなり申し訳ありません。お迎えに上がりました、クラウス殿下」

「アンドレア、アンドレア……！」

闇の中に手を伸ばし、体を探り当てて首に抱きつくと、そのままひょいと抱き上げられた。アンドレアが小声で合図を送ると、戸口から人が入ってきて、何か詠唱する気配があった。

先ほど消えた部屋のろうそくすべてにぱっと火がつき、部屋が明るくなる。

「クラウス殿下、ご無事でしたか！」

戸口に立っていたのは、光魔術師のエルマーだった。アンドレアとともに助けに来てくれたのだろう。

改めて周りを見回すと、急所をナイフで一突きにされて目を見開いたまま息絶えているダミアンや、同じく即死状態のアルファ貴族たち、奴隷監督官らの屍《しかばね》が転がっており、オメガは皆状況についていけず、目を丸くして固まっていた。

「あなたたちも我々と一緒に今すぐここを出て、どこか安全な場所へ避難を。私とともに潜入した同胞たちの手によって、まもなくここは火の海になります」

アンドレアがオメガたちに静かに告げ、続けてクラウスに言う。

「この区画の衛兵は、すでに全員仕留めてあります。宮殿内の各所と同時に、城下の数か所でも火の手が上がる手はずになっておりますので、混乱に乗じて王都を抜け出しましょう」

そんな大がかりな救出作戦を、いったいどうやって計画したのかは謎《なぞ》だが、同胞ということは、協力してくれているのはシレアの民たちなのだろうか。ここから出られるのは、もちろん嬉しいのだが……。

「アンドレア、後宮にはほかにも連れ去りに遭った同盟国の者たちがいる。彼らをそのままにして俺だけ助かるわけにはいかない。なんとか、皆を逃がすことはできないか？」

「皆を、ですか？」

アンドレアが思案げに黙る。さすがに無謀な相談だろうか。

「実は、あなたの救出を手伝ってもらう代わりに、ダミアン王に捕らわれた同胞たちの奪還を請け負っているのです。やれるだけのことはやってみましょう」

「ありがとう。無理を言ってすまないが、隣国エゴンの宮廷光魔術師で、ベータのコンラートという者が、後宮で世話係をさせられている。もし見つけられたら、彼も一緒に頼みたい」

「承知いたしました。必ずや仰せのとおりにいたします」

力強い口調で、アンドレアが答える。エルマーが貸してくれた魔術師のマントを羽織りながら、クラウスはうなずいていた。


『――――なるほど、では川沿いに南下する民たちには、個別に迎えが来るのだな？』

アンドレアの潜めたシレア語が、遠くから聞こえてくる。

クラウスは眠りから目覚めて、ぐるりと回りを見回した。

横たわっている天幕の外、焚火《たきび》のある周りに、アンドレアとシレアの民たちが車座になって話をしているのが見える。

夜明け前らしく、あたりはまだ暗い。

『それで、残りの者たちは皆、大エウロパ川を渡れそうか？』

『船を二隻手配済みです。同盟国の民が増えた分も、それで受け入れられるでしょう』

『それはありがたい。二隻とも光魔術で守れば安全に航行することができるだろう。迅速な対応に感謝する』

『「尊き行いは皆のために」。シレアの民として当然のことをしたまでです。あなたもそうしてくれたではないですか。あなたは本当に、ヴァシリオスの名に恥じぬ方だ』

民の一人が言って、アンドレアの手を取ると、皆も順に彼に握手を求めた。

その様子からは、互いへの信頼が見て取れる。シレアの民は、祖国を失って長く経った今でも、深い絆《きずな》で結ばれているのだろう。

（あれから、もう十日か）

アンドレアが言ったとおり、宮殿の広間を出てほどなくして、あちこちから火の手が上がった。王のダミアン以下、地位の高い貴族があの広間で多数暗殺されたせいもあるのか、宮殿内部は大混乱に陥り、クラウスは警備の隙《すき》をついて宮殿の外に出られた。

火事で大騒ぎになっている城下を抜け、王都の外れまで逃げると、光魔術師のヘルベルトが待っていてくれた。逃走用に用意された荷馬車に身を隠してしばし待っていたら、アンドレアが作戦に参加したシレアの民たちとともに牢獄《ろうごく》や後宮を解放し、捕らわれていた同胞や、コンラートほか帰国を望む同盟国の民を荷馬車に乗せてやってきた。

そのまま、一行は夜の闇にまぎれて王都を脱出することができたのだった。

それから十日間、適宜休息をとりつつ馬車は東に向かって走っているが、いまだ追手が迫りくる気配はない。

シレアの民だけが知っているという、森や谷を通り抜ける一見道らしくない道を通って移動しているからだろう。

(シレアの民は、本当に大陸中にいるんだな)

アンドレアによれば、クラウスが連れ去られたのち、謎の力に守られた見たこともない船が、季節柄強風で大荒れの大エウロパ川を西に渡っていったという情報が、同盟加盟国からもたらされた。例の臭いを感じたという情報もあったため、どうやら闇魔術を使って船を安全に航行させていたようだとわかり、すぐに王国騎士団による追跡が決まった。

しかし、闇魔術師の攻撃で重傷を負ったロイドが回復していないために、十分な魔術支援を受けられない状態だった。強力な魔法の支援なしで、人馬を乗せて川を渡ることができるだけの丈夫な船の手配にも、かなり時間がかかることがわかった。

これではクラウスを助けられないと感じたアンドレアは、独断でシレアの民を中心とした隠密部隊を結成、大陸各地に集落を作って暮らしてきた同胞の助けを借りて、救出作戦を決行したのだという。

『尊き行いは皆のために』

彼らのその精神がなければ、自分は今ここにはいない。こんなにも気高い民たちが、国を失って大勢行き場をなくしているなんて。

「……すみません、起こしてしまいましたか？」

話し合いが終わったのか、アンドレアが天幕に戻り、クラウスが起きていることに気づいてすまなそうに訊いてきた。クラウスは笑みを見せて言った。

「気にするな。移動の相談をしていたのだろう？」

「はい。実は昨夜《ゆうべ》、同胞が鷹《たか》を使ってヴァナルガンドに送った文に返事がありました。大エウロパ川の東の川岸まで、騎士団と魔術師団が迎えに来てくれるそうです」

「それはありがたいな」

「ええ。ですので、今日は長めに移動して、最後の山の峠あたりまで行こうと相談しておりました。そこまで行けばあとは平原で、川岸までもすぐです。川は船で渡ります」

やっと東岸に戻れると思うと、やはり嬉しい。ほっとしているクラウスに、アンドレアが告げる。

「じきに夜が明けます。朝食の支度をしてきますので、もう少しお休みになっていてください」

アンドレアがまた天幕を出ていく。クラウスは言われるままに、再び目を閉じた。

その日は一日馬車で移動して、夕刻になだらかな山の峠にたどり着いた。

日没直後の紫がかった空の下には大平原が広がり、彼方には南北にどこまでも続く水平線がかすかに見えた。

どうやらそれが、大エウロパ川の川面《かわも》らしい。

山の峠から西を振り返っても、ところどころ森がある平原となだらかな丘陵が続いている。かなり見通しがいいため、追手を警戒しつつ今夜はそこで野営をすることになった。

「おー、月の出だ！」

夕食の後、天幕の外で誰かがそう言うのが聞こえたので、クラウスは外に出てみた。

東の方角、平原の向こうの大エウロパ川の水面から、大きな丸い月がぽっかりと上がったばかりだ。山の峠に並んだいくつもの天幕が、明るく照らされている。

「……ここからですと、あの月の下あたりが、ヴァナルガンドになりますね」

天幕の傍に立って月を眺めていたら、アンドレアがこちらにやってきた。

しばらく見張りをしていたが、交代して戻ってきたようだ。

その手には酒瓶とグラスが二つある。

「夕方立ち寄った集落で、果実酒をわけてもらいました。一杯いかがです？」

「いいな！　酒なんて久しぶりだ」

「月を眺めながら飲みましょうか。こちらへ」

アンドレアが言って、天幕の並ぶ場所から少し離れた小高い場所にクラウスをいざなう。

そこはごつごつとした岩が転がっており、腰かけるのにはちょうどいい。並んで座ってグラスに果実酒を注《つ》ぎ、軽く杯を合わせて飲むと、はちみつを使っているのか甘い味がした。旅の疲れが癒《いや》される、優しい味だ。

「……なんだか、不思議だな。こうやっておまえとまた酒を飲めるなんて」

クラウスは言って、月明かりに照らし出されたアンドレアの顔をしみじみと見つめた。

「捕らわれている間は、なるべく物を考えないようにしていたが、正直に言うと、もう二度と会えないかもしれないと思っていた」

「殿下……」

アンドレアが眉根を寄せ、すまなそうに言う。

「本当に申し訳ありませんでした。あなたをお守りするのが私の役目でしたのに、あのように連れ去られるなど……。私は本当に、己をふがいなく思っております」

「何を言う。こうして助けてくれたんだ。おまえには心から感謝しているぞ？」

「しかし……」

「あれは、フェンリルが俺に与えた試練だったのだと思っている。ヴァナルガンドで安穏と過ごしていたら知り得なかった多くのことを、俺は知ることができたのだからな」

そう言って、クラウスは首を横に振った。

「もちろん、二度とあんな目に遭いたくはない。あれは俺がオメガになってから経験したことの中で、一番恐ろしい出来事だった。でも、もしかしたらさほど珍しくもないことなのではないかとも思うのだ」

「……珍しくも、ない？」

「ああ、そうだ。この三年間、オメガになったことを嘆いてばかりいたが、俺は王族だから守られていたし、オメガの本当の屈辱というものを知らなかった。オメガというだけで凌辱を受ける恐怖もな」

クラウスは言って、月光を映すアンドレアの目を見つめた。

「おまえやシレアの民が、国を失って以来たどってきたのであろう苦難の日々や暮らしについても、理解が不十分だったと思う。おまえがターリクや奴が持ってきた偽りの結婚話に疑いを持ちながら、それを俺に言えなかったのは、異邦人であるがゆえに、俺に対して気兼ねや引け目があったからだろう？」

「……それは……」

「俺はおまえを何もわかっていなかった。だからそんなことは気にも留めていなかったんだ。でも、俺は考えてみるべきだった。おまえの慎み深さの裏に、どんな思いがあるのかをな。ふがいないのは俺のほうだよ」

「クラウス、殿下」

アンドレアが目を見開き、言葉を失ったようにこちらを見つめ返す。

なぜだか泣き出しそうに見えたから、思わずまじまじと顔を見ると、アンドレアがああ、と小さく声を洩らして、そっとクラウスの手を取った。

気持ちを落ち着けようとするみたいにクラウスの手の甲に口づけて、アンドレアが言う。

「本当に、あなたのようなお人こそ、王たるにふさわしい方なのに」

「アンドレア、そのことは、もう……」

「すみません。非礼は承知の上ですが、私はどうしても、そう思わずにはいられないのです」

アンドレアが言って、顔を上げる。

「ですが、その願いが叶わずとも、私のあなたへの忠義心は何一つ変わりません。私にとってはあなたこそが王だ。私には、あなただけなのです」

「……アンドレア……」

「その意味では、私はシレアの戦士としては失格なのかもしれません。なぜなら私のこの身も、心も、すべてあなたのものだからです。あなたのために生き、あなたのために死ねるなら、それこそ本望というもの。ほかには何も望みません。シレアの民としても、アルファとしても、一人の男としても」

「……っ……」

情熱的な言葉に、ドキリとしてしまう。

アンドレアがこんなにも彼の胸の内を吐露してくれたのは、これが初めてではないか。

忠節を誓ってくれている臣下の言葉として、こんなにも熱い言葉はない。

けれどアンドレアの言葉から感じたのは、それ以上のものだった。

アンドレアの澄んだ目や低く艶《つや》のある声には、彼が今まで表に出したことのない、甘い熱情が宿っている。

それはまるで、愛の告白のような――。

（……そう、なのか……？　アンドレアは、本当に俺を……？）

あのとき湖畔で言いかけた問いの答えを、クラウスはやはり知りたい。

今ならば答えてくれるだろうか。

「……アンドレア、おまえは、俺のことを……？」

声が震えるのを感じながらも訊ねようとしたら、アンドレアが慌ててクラウスの口唇を指でそっと押さえ、黙らせてきた。

それからあたりをはばかるように見回し、握ったままのクラウスの手に力を込めて、アンドレアが告げる。

「ここまで来て、もはや隠すこともなかろうと存じますので、非礼を重ねて申し上げますが……、私はずっと、そう思っておりましたよ。あなたがアルファであった頃からです。そうでなくてどうして、『夜伽役』などやれますか」

「……！」

「あなたがオメガになったときには、心の隅でそのことを嬉しいと感じて、そんな自分を深く恥じておりました。あなたがどのような方と番になろうとも誠心誠意お仕えし、この想いは生涯胸の内に抱えて生きていこうと決めていましたのに、今はもう、感情を抑えることもできません。こんなことも、本当は言うべきではないとわかっているのに」

こらえきれずといったふうに次々にあふれ出てくる、アンドレアの想い。

従者を解任になって以来、よそよそしいくらいにクラウスから距離をとっていたのに、まさかこんなにも深く、熱い想いを抱いてくれていたなんて思いもしなかった。

自ら罪を告白する者のように、アンドレアが言葉を続ける。

「『夜伽役』に選ばれたことは、一臣下であろうとしていた私には悩ましい事態でした。でも、私ならば幾晩でも、何度でも、あなたを抱けると確信があった。むしろ私以外の誰にこの任をまっとうすることができようかと、毎晩そう思って行為に臨んでおりました」

「……だからおまえは、あんなにも甘く優しく俺を抱いてくれていたんだな？」

「不埒《ふらち》な行いであったと、自覚はあります。それを下心と呼ぶのだと言われれば、返す言葉もありません」

「ふふ、そうか。下心か！」

「夜伽」の目的からしたら、確かに不埒なのかもしれない。

でも、誰よりも近くにいてほしいと望んでいたアンドレアが、そんなふうに思ってくれていたなんて、ただただ嬉しいばかりだ。

今となってみれば、自分も同じ気持ちだとわかるから……。

「アンドレア。俺にキスをしてくれないか」

「……え？」

「おまえの気持ちは、言葉じゃなく体で伝えてほしいんだ。おまえだって、本当はそのほうがいいと思ってるんじゃないのか？」

誘いかけるようにそう言うと、アンドレアが小さく笑った。

精悍《せいかん》な彼の顔が近づき、口唇がそっと重なる。

「ん……」

(俺も、アンドレアのことが、好きだ)

穏やかなキスの甘さに、クラウスの感情もあふれてくる。

アンドレアに対して抱いていた気持ちがクラウスの胸の中でようやく実を結び、恋情のときめきで心と体とが震える。

オメガの王子という立場だとか、なすべき責務だとか、自分が背負っているものを思えば、これはどこへも続かない、成就することのない想いかもしれない。

アンドレアだってそれがわかっているからこそ、あえて隠すことなくクラウスへの思慕

の念を打ち明けてくれたのだろう。

でも、だからといってむなしくはない。この感情は意味のないものなどではない。ここに確かに存在する二人の、互いを想う気持ちの前では、身分も立場もバース性も関係なく、むしろそちらのほうが意味を失うのだ。

クラウスは今、初めてそれを知った。恋とはそういうものなのだと。

「……アンドレア。俺もずっと、おまえのこと――」

心からの想いを告げようとした、その途端。

腹の底のほうにかすかな震えが走ったから、思わず口をつぐんだ。

痛みがあるわけではないが、そこから何かじわじわと不思議な疼《うず》きが広がってきて、鼓動も速くなっていくのを感じる。

これはいったいなんなのだろうと当惑していると、アンドレアがビクリと身を震わせ、クラウスを凝視した。

「……殿下、この匂い、もしや……？」

「匂い？」

「ああ……、これはまずい、天幕に戻りましょう！」

「まずいって、何が……？　うわ！　ちょっ、なんだよっ？」

まるで麦の袋でも運ぶみたいに、体をひょいとアンドレアの肩に担ぎ上げられ、そのまま天幕まで連れていかれたから、その慌てぶりに驚いてしまう。

　クラウスを寝床の上に下ろしたと思ったら、アンドレアがまた外に飛び出していって、周囲にいた者たちにこの天幕に誰も近づけぬよう、言い含めているのが聞こえる。

　何がどうなっているのか、さっぱりわからなかったが……。

「え……、なんだ、この感じは？」

　先ほどから鼓動が速くなっているが、そればかりでなく息も荒くなってくる。腹の中が疼く感じはさらに広がって、背筋がゾクゾクしてきた。

　何かおかしな病にでもかかったのかと、一瞬思ったが。

「ち、がうぞ……、これってまさか……！」

　まったくそんな気配も、理由もないのに、どうしてかクラウス自身が頭をもたげてくる。体の芯《しん》がとろとろと潤み、視界が甘くぼやけてくるこの感じは、もしや――。

「本格的に、始まりましたね」

　アンドレアが天幕に戻ってきて、上に跳ね上げられていた入り口の幕を下ろし、開いてしまわぬよう紐《ひも》で結ぶ。ふらふらする頭をなんとか持ち上げ、彼の顔を見つめた途端、体の中で何かが爆《は》ぜた感覚があった。

「あっ、ぁあっ……！」

　湯が沸騰したみたいに体が熱くなって、劣情でくらくらする。

アンドレアが欲しい、肉の悦びを与えてほしいと、淫らな欲望で全身が震えるようだ。

何が起こっているのか、ようやく自分でもわかった。

クラウスは発情しているのだ。

「こん、なっ、俺、どうしたらっ」

「ご安心を。私が静めて差し上げます。いつものように、私に身を委《ゆだ》ねてください」

「アン、ドレアっ、ああ、あ……」

アンドレアがこちらにやってきたら、彼の体から発せられるあの麝香《じゃこう》のような匂いがいつもよりも強く感じられ、めまいを覚えた。

アンドレアに手早く服を脱がされ、彼も裸になると、日の前のアルファの肉体にこらえきれないほどの強い欲望が募るのを感じた。

「アンドレア、アンドレアっ……」

たまらずしがみつき、貪《むさぼ》るように口づけて口唇を吸う。

アンドレアがかすかに息を乱し、体をきつく抱き寄せてくる。

「ん、ふっ、ぁ、んっ……」

二人で寝床の上に倒れ込みながら、口唇をきつく吸い合い、舌をいやらしく絡め合う。

淫らな口づけに、もうそれだけで後孔がジュッと潤んでくる。脚を開いて彼の腰に絡めたら、アンドレアの剛直もすでにガチガチに硬くなっているのがわかった。

「ふ、ぁっ、アンドレアっ、欲し、い、おまえの、欲しぃっ」

「……っ、クラウス様っ」

「おまえが、いいんだっ。早く俺の中に、入ってきてくれっ」

劣情が激しすぎて、ほとんど泣きながら哀願すると、アンドレアの目の奥が一瞬どんよりと曇り、その精悍な顔に獰猛《どうもう》な表情が浮かんだ。

だがすぐにうなるような声を上げ、ぎゅっと目を閉じて頭を振る。

クラウスの体からわずかに身を離し、ゆっくりと絞り出すように、アンドレアが告げる。

「クラウス様。必ずおっしゃるとおりにいたしますから、どうかあまり、煽《あお》らないで？」

「で、もっ」

「こんなにも濃密なオメガフェロモンを浴びるのは、私も初めてなのです。うっかり正気を失ってしまったら、あなたに怪我《けが》をさせてしまうかもしれません」

悩ましげな目をして、アンドレアが言う。

劣情をこらえるその様子はとても苦しそうだが、自分の体から発せられるオメガフェロモンが、アンドレアをこんなにも激しく欲情させ、昂らせているのだと思うと、こちらもますます欲情が募ってしまう。

発情とは、こんなにも鮮烈なものなのか。

「お、れは、どうしたら、いいっ？」

「まずは、うつ伏せになってください。それからお尻を、高く上げるんです」

「っ、わかったっ……」

早く挿《い》れてほしくて気が変になりそうだったが、言われるまま寝床にうつ伏せになり、膝をついて腰を上げる。

アンドレアの大きな手で両の尻たぶをつかまれ、秘められた場所が露《あら》わにされると、そこがヒクヒクといやらしく蠢動《しゅんどう》しているのが感じられた。

「あなたのここ、可愛《かわい》らしく震えていますよ。私を欲しがっているのが、よくわかります」

アンドレアが言って、乱れる呼吸を抑えるようにふっと一つ息を吐く。

「でも、やはりこのままつながったら、本当にあなたを壊してしまいそうだ。すぐにほどいて差し上げますから、どうか少しだけ、こらえていてください」

なだめるように言われて、震えながらうなずく。せめて後孔に触れやすいようにと、腰を上向けると。

「……ん、ぁっ……？　待っ、な、にを……！」

アンドレアがいきなり窄まりにキスをして、舌でてろてろと柔襞《やわひだ》を舐め回し始めたから、驚いて叫んだ。

そこをそんなふうにされるなんて思いもしなかったから、慌てて腰をひねって逃げようとしてみたけれど、アンドレアの手で尻をがっちり押さえられていて、どうにも逃れることができない。

寝床の敷物をつかんで這い上がろうとしてみたけれど、アンドレアはクラウスの腰を抱えて持ち上げるようにしながら、淫らな口づけを深めてきた。

「あっ、ぁあ、や、ぁっ、駄、目だ、そ、なことっ」

尖《とが》らせた舌先でほころび始めたそこをずちずちと穿《うが》たれ、ぶんぶんと頭を振る。

「夜伽」で散々抱き合って、もう恥ずかしいことなど何もないと思っていたのだが、そこを舐められる恥ずかしさは、ほかに比べようもないほどだ。

淫猥《いんわい》な舌は柔襞をほどいてすぐに肉筒の中にまで滑り込み、内襞をねろねろとまくり上げてくる。

濡れた舌のぬるくて卑猥《ひわい》な感触に、頭の中が真っ白になりそうだけれど、肉襞はますますとろとろと潤み、内奥はジンと熱くなって、熱杭《ねっくい》を求めてヒクつき始める。

アンドレアの舌による愛撫に、クラウスの体はいつも以上に熟れ、奥深くまで淫靡に花開いていくようだ。

「は、ぅうっ！」

舌だけでなく指も沈められ、中をぬちゅぬちゅとかき回される。

発情しているせいなのか、蜜筒《みつつつ》は敏感になっていて、指でいじられるだけで硬くなった自身の先からとろとろと先走りがこぼれてくる。

でも、指で達するのは嫌だ。アンドレアのもので悦びを与えられ、彼をきつく食い締めながら達《い》き果てたいのだ。

「アン、ドレアっ、もっ、挿れ、てっ」

首をひねって振り返り、後ろに顔を埋《うず》めるアンドレアに手を伸ばして、クラウスは涙声でねだった。

「壊れたって、いいっ、おまえと一つに、なりたいんだ……っ」

それは発情したオメガの、肉の欲望である以上に、今はもう心からの願いでもあった。

アンドレアの想いを体で感じたい。そして自分の想いも、彼に伝えたい。アンドレアと、身も心も一つになりたいのだ。

渇望ですすり泣きそうになっていると、アンドレアがちゅぷ、と濡れた音を立てて後ろから離れ、ぬるりと指を引き抜いた。

そうしてクラウスの背後に膝をつき、腰を支えて引き寄せる。

「……お待たせしてすみませんでした。そろそろ、いいでしょう」

アンドレアが揺れる声で言って、雄の先端を後孔に押し当てる。

「嬉しいですよ、クラウス様。私の想いを、こんな形であなたに伝えることができるなんて」

「アンドレア……っ」

「言葉でなく体で、私を感じてください。そして何もこらえず、すべてをさらけ出してください、っ」

「っ……、ぁっ、ああっ、は、ぁっ――――」

熱くて硬い肉杭をぐぷぐぷとつながれ、一瞬意識が遠のいた。

きゅうきゅうと収縮する内筒と、敷物にぴしゃぴしゃと白蜜が吐き出される音とで、挿入されただけで達してしまったのだと気づいた。

アンドレアが低くうめいて、苦しげに言う。

「くっ……、そのように締めつけられては、私も、もうっ……！」

「ふ、ああっ！　はあ、あああっ……！」

もはやこらえきれなくなったように、アンドレアがクラウスの腰をつかんでズンズンと己を突き立て始めたから、裏返った悲鳴を上げる。

達したばかりの中をこすられるのは、それだけでも刺激が強いのに、アンドレアの欲望は信じられないくらいに大きく、まるで肉の凶器のようだ。

普段ならば、さすがに甘苦しさを覚えるところだけれど。

「は、ああっ、ぃ、い、気持ち、いいっ」

クラウスの後ろは、窄まりから内奥に至るまでどこも信じられないほど敏感になっているみたいだ。

太い幹とリーチとを使って肉の壁を余すところなくこすり立てられ、凄絶《せいぜつ》なまでの快感にうわずった声が止まらない。熱杭が激しく行き来するたび、悦びで全身がしびれて視界がチカチカと明滅する。

今までにないほどの、鮮烈な喜悦。

発情した体はこんなにも感じやすいのかと、かすかな恐れすら覚えるけれど、思考はもはや続かない。快楽の虜《とりこ》になったように、体が甘露な悦びを貪欲《どんよく》に味わって、さらなる快楽を求めるように甘く濡れそぼっていく。

肉襞がきゅうきゅうと彼に絡みつき始めると、アンドレアが苦しげにため息を洩らした。

「ああっ……、あなたが私を、絞り上げてくるっ」

「アン、ドレ、アっ」

「クラウス様、クラウス、様っ……」

「あうぅっ、はあ、ああ、ああっ」

絡みつき追いすがる肉襞を振り払うように、アンドレアが荒々しく雄を突き立て、腰を鋭く打ちつけてくる。

ぴしゃり、ぴしゃりと肉を打つ音が上がるほどの、激しい抽挿。

まるで獰猛な獣にでも抱かれているかのようだ。アルファの肉体の強靭《きょうじん》さと凶暴さをまざまざと感じさせられる。

だがこのむき出しの欲望こそが、自分がアンドレアに求めていたものだとも思えて、揺さぶられるたび体が歓喜に震える。

どんなときにも己を律し、鍛え上げた肉体を制御してきた彼が、自分との情交に溺《おぼ》れそうになっているのが嬉しくて、知らず笑みすら浮かんでしまう。

（もっと、欲しい……、アンドレアの全部が、欲しいっ……）

オメガを求めるアルファの本能のままに、どこまでも自分を求めてほしい。心も体もすべて奪って、燃え尽きるまで愛してほしい。

そうしてこの体に、彼のアルファの証《あか》しを浴びせてくれたら――。

「あ、ぐっ！　あぁっ、お、くっ、奥が、いいっ、あは、あはっ」

常になく張り詰めた大きな頭の部分で、前壁の感じる場所をゴリゴリと抉《えぐ》られながら、奥の狭い場所をカリ首で引っかけるみたいにぐぽぐぽと攻め立てられて、もはや己を保てないほど感じさせられる。

だらしなくゆるんだ口元からは唾液《だえき》がこぼれ、硬く立ち上がったままのクラウスの切っ先からはわずかに濁った愛液が絶え間なく滴ってくる。

再びの絶頂の兆しに、腹の底がふつふつと沸き立ってくる。

「アン、ドレアっ、一緒に、達きたいっ」

「っ……、ですがっ……」

「一緒が、いいんだっ。おまえの、熱いのをっ……、は、ぁあっ、あぁぁっ！」

はしたなく彼の白濁を欲しがる言葉が最後の一押しになってしまったのか、アンドレアが哮《たけ》るような声を上げ、抽挿のピッチをさらに上げてくる。

あまりの激しさに上体が崩れ、寝床に倒れ込みそうになると、アンドレアがクラウスの左の脚を高く持ち上げ、つながったまま体を仰向けにしてきた。

「う、ぁああっ！」

蜜筒を熱棒でぐるりとこすられて、甲高い悲鳴を上げる。

雄の当たる場所が変わっていい場所をズンズンと突き上げられ、たまらず腰をくねらせるけれど、正面を向かされ両脚を抱え上げられて、そのまままさらに追い立てられる。

執拗な快楽の責め苦に、やがて内奥がきゅうきゅうと収縮してきて……。

「ふ、ぐっ、う、うっ、達、くっ、イ、ク……！」

半ば意識をとばしながらクラウスが頂《いただき》に達すると、アンドレアも低くうなって動きを速めてきた。そうして最後に最奥をズンと穿ち、ずるりと杭を引き抜く。

「あ、ああっ……、すご、いっ……！」

自らあふれさせたもので濡れていくクラウスの腹の上に、アンドレアの白濁がドクドクと吐き出される。

勢いよくはね出てくるそれは、アルファのものだけあって驚くほど量が多い。こんなにも大量の子種を腹の中に放たれたら、番でなくても孕まされてしまいそうだ。

切なげに顔をしかめて、アンドレアが詫《わ》びる。

「……申し訳、ありません……、このようなっ……」

「いいんだっ……、俺はこれが、欲しかったんだからっ」

アンドレアの熱液を肌に浴びながら、陶酔した声で言う。

オメガの発情した体がアルファの欲望を喚起し、劣情のままに結び合って、互いに頂を極める。

とても即物的で原始的な交合だが、二人でともに達するのは、想像していたよりもずっと甘美な気分だった。

それは間違いなく、互いに想いを抱き合っているからだろう。

先のことなど考えず、今だけは発情のままに抱き合い、恋に心を委ねていたい。

一晩中でも飽かず求め合って、二人で何度でも絶頂を極めたい。

世継ぎを産まねばならない立場からしたら、それはただの現実逃避かもしれない。

でもクラウスのそんな思いも、アンドレアはすべて察したうえでこうして抱いてくれているのだ。それは彼自身の「下心」ゆえでもあるのだろうし、クラウスの体を開いた「夜伽役」のアルファとしての、矜持でもあるのではないか。

まるでその証しででもあるかのように、そそり立つ彼の肉杭は、まだ少しも萎《な》える気配はない。こんなにもたっぷりと精を放ってしまっても、強く雄々しく息づいている。

そしてもちろん、クラウスの発情も、まだまだ収まる気配はなくて――――。

「……もっと欲しいよ、アンドレア」

しどけなく脚を開き、誘うように手を差し伸べて、クラウスは告げた。

「おまえの想い、体でもっと、伝えてくれ……！」

甘い哀願の言葉に、アンドレアが笑みを見せる。

アンドレアが再び身の内に入ってくる感覚に、クラウスは淫靡なため息をこぼしていた。


「う、ん……？」

天幕越しに、外が明るくなってきたことに気づいて、クラウスは目を覚ました。

どういう状況で眠ったのだったか、一瞬わからなかったけれど。

「……あ……」

鼻腔《びこう》を満たす、アンドレアの麝香のような香り。

目の前にはアンドレアの寝顔と、規則的に上下する厚い胸。

明け方近くまで何度も結び合ってようやく発情が収まり、アンドレアのたくましい腕に抱かれて眠ったのだったと、クラウスは思い出した。

体は少し疲れているが、なんだかとても幸福な気分だ。

(俺たちは、想いを抱き合っているんだな)

今まで、こんなふうに心を通わせ合った相手などいなかった。

それはアンドレアも同じだろうし、体の関係はあったけれど、あくまで「夜伽役」として自分を抱いてくれていただけだ。

でも、昨日の行為は愛し合う者同士のものだった。互いに愛情を抱き合い、発情した体でする行為はたまらなくよかったし、あれ以上の悦びがあるのだとすれば、それはもう、番同士にならなければ体験できないものなのかもしれない。

(番、か)

王族の結婚は政治的なものだし、今まではそのことに疑問を抱いたりはしなかった。

だがこうなってみると、果たしてそれでいいのかとも思う。

民族こそ違うけれど、アンドレアほど強くたくましく、思慮深いアルファなど、めったに巡り合えるものではないだろう。

そして現状、王族の直系ただ一人のオメガとして、アルファの婿を迎え、アルファの世継ぎを産むことが、クラウスのもっとも重要な責務なのだ。

であれば、その相手はアンドレアでもいいのではないか。彼だってアルファには違いないのだし、何より心から想い合っている。

彼と番の絆を結ぶことは、できないのだろうか。

そんなこと、これまでは考えもしなかったけれど……。

「……おや、もうお目覚めだったのですか、クラウス殿下？」

アンドレアの腕に頭を乗せたままあれこれと考えていたら、彼が目を覚まして訊いてきた。

こんなにも近くで目覚め、朝一番に言葉を交わしたのは、もしかしたらこれが初めてかもしれない。たまらなく愛《いと》おしい気持ちが湧いてきたから、頬を上気させてうっとりと顔を見つめると、アンドレアもこちらを見返してくれたが、やがてその顔が赤くなり、もじもじと恥ずかしそうに目をそらした。

クラウスは頭を持ち上げ、赤面するアンドレアに顔を近づけて言った。

「こら。今さら照れるなんて、許さないぞ？」

「し、しかし……」

「でも、そうだな。俺のほうはちゃんと言ってなかったな」

クラウスはちゅっとアンドレアの口唇に口づけ、笑みを見せて告げた。

「……俺も、おまえのことが好きだ。たぶん、オメガになるよりも前からな」

「殿下……」

「おまえもそうだったなんて、嬉しいよ。俺がアルファでもオメガでも、おまえは俺に、ずっと同じ気持ちを抱いていてくれたのか？」

改めて訊ねると、アンドレアが穏やかに微笑《ほほえ》んで答えた。

「……はい。あなたの髪がまだ赤茶で、濃いグリーンの瞳と日焼けした肌をしていらした頃から」

「そうか……、そうか！」

アンドレアの言葉が嬉しくて、また口づける。

甘く口唇を吸い合うだけで、心が幸福な気持ちで満たされる。

でもアンドレアが素直に恋情を認めたのは、そうしたところでこの恋は実を結ばず、結末は変わらないと揺るぎなく信じているからだろう。

恋の終わりを成就に変えたいと言ったら、彼はどう思うだろう。おまえと番になりたいのだと言ったら、アンドレアは……？

「あなたがアルファであった姿を最後に見たのは、高熱をお出しになる前の晩だったと、私はずっと、そう記憶していたのですが……」

アンドレアがクラウスの亜麻色の髪にそっと触れながら、問わず語りに言う。

それからこちらを真っ直ぐに見つめて、意を決したように続ける。

「でも最近になって、そうではなかったと思い出しました。実はそれで、少し気になっていることがあるのですが」

「？　なんの話だ、急に？」

甘いムードから一転、いきなりの真面目《まじめ》な声音に戸惑いながら問いかけると、アンドレアが思案げな顔をした。

「ターリクやあのクラーケンという魔物が発していた、とても不快な、よどんだ血のような臭い。私はあの臭いを、以前から知っていたように思うのです」

「……そうなのか？　でも闇魔術は、東岸地域ではほとんど使われていないぞ？」

「そのとおりです。でも確かに覚えがある。そしてそれは、あなたにもかかわりがあることなのです」

「俺に？」

そういえば、ターリクに捕らわれたときに、クラウスもあの臭いに覚えがあると感じた。いつの記憶なのか思い出せずにいたが、アンドレアもそう言うのなら、もしかしたら本当に嗅《か》いだことのある臭いなのかもしれない。

記憶の糸をたぐるように、アンドレアがゆっくりと口を開く。

「不可解なことに、最近までずっと忘れていたのですが、あなたがオメガへと変わる前、高熱を出して寝込んでいらしたときに、私は心配で様子を見に行っていたのです。そのとき、あなたの傍に……」

言いかけたところで、アンドレアが不意に口をつぐみ、体をぐっと硬直させた。

頭を持ち上げ、あたりの気配をうかがうような顔をしたので、どうしたのだろうと思いつつも話の続きを待ってると、天幕の外で人が動く気配があった。

『クラウス殿下、ヴァシリオス卿！　起きていらっしゃいますかっ？』

入り口の外から、ヘルベルトの声が聞こえてくる。

その声は何やら切迫していて、さらには何かがやがやとした騒がしい人声も聞こえ始めた。

アンドレアがさっと起き上がって入り口に行き、幕を開けると、そこにはヘルベルトとエルマーが一緒に立っていた。

「ヴァシリオス卿、ついに追手が来ました。それものすごい数です！」

エルマーの言葉に、アンドレアが天幕を飛び出していく。

クラウスもあとを追って外に出ていくと。

「……な、んだ、あれはっ？」

西の平原の果てのほうに、黒い波のようなものが広がっているのが見えたから、足がすくみそうになった。

それは平原いっぱいに広がった騎馬の軍勢で、もうもうと砂埃を立てながらじわじわとこちらに押し寄せてくる。

上空にちらちらと見えるのは、クラウスを連れ去った怪鳥の群れではないか。くん、と息を吸い込んでみると、風に乗ってかすかにあのよどんだ血の臭いが漂ってきた。

どうやらあの黒い軍勢は、闇魔術の支援を受けているようだ。

「ここを放棄して、大エウロパ川へ向かう！　馬車と馬の準備を急げ！　川沿いを南下する予定だった者たちは、川岸まで行かず今すぐ南へ！」

今回の脱出行を指揮してきたシレアの民の一人が、大声で皆に指示を出す。

アンドレアがぐっと拳《こぶし》を握り、ヘルベルトとエルマーに告げる。

「なんとしてもここを切り抜ける。殿下をいつもの馬車にお乗せして、先に出発してくれ。船着き場に船が到着していたら、迷わず乗船を」

「承知いたしました！」

「アンドレア、おまえはっ？」

「しんがりをつとめます。さあ行って！」

アンドレアが短く告げて、防具や武器を身に着けているシレアの民たちのほうに走っていく。

胃の底がズンと重くなるのを感じながら、クラウスは馬車へと駆け出した。

「……卑劣な暗殺行為に対する報復だとっ？　どういうことだ、それは！」

　川に向かって馬車で逃げながら、魔術師たちが使い魔や遠見の術を使って集めた状況報告を聞き、クラウスは動揺して叫んだ。

　迫りくる軍勢はザカリアス帝国軍を名乗っており、総大将は皇帝ダミアンの息子、アルバンで、帝都に侵入して卑劣にも皇帝と帝国貴族を多数暗殺したヴァナルガンド王国王子、クラウスの追撃のため出兵したとのことだった。

「俺を追撃するためだけに、あれだけの数の軍勢を動かしたというのか？」

「おそらく、それだけではないでしょう。国威高揚のため、そして東岸地域への侵略を正当化するための、足固めの意味もあるのではと思われます」

　クラウスの馬車に同乗し、報告をともに聞いていたコンラートが、顔をしかめて言う。

「総大将のアルバン王子はまだ赤子です。ダミアン王の後釜《あとがま》を狙う者たちによって、担ぎ出されただけでしょう。ザカリアスの貴族たちの中には、東岸国家への侵略を強く提唱していた者も多くいますから、今回の件を東岸国家からの宣戦布告ととらえ、ゆくゆくは攻め込む口実にしたいのではないかと」

「く、それこそ卑劣なやり方だ。連れ去りを行っていたのは奴らのほうなのに！」

　思わず苛立《いらだ》ちを露わにすると、ヘルベルトが思案げに言った。

「しかし、当面は大エウロパ川が東岸を守る盾となってくれるでしょう。たとえ闇魔術がどれほどのものであろうとも、あの大河を人馬を大量に乗せて行き来できる船の数には限りがあります。現状のごくわずかな人の行き来を逃さず監視する仕組みを作れば、どれだけの軍勢を集めようと攻め込むことは難しいはずです」

ヘルベルトの言葉に、エルマーが思いついたように言う。

「そもそも、闇魔術なるものが使われているのが問題なのでは。少なくとも東岸地域では、闇魔術を厳しく禁じるべきではないでしょうか？」

「気持ちはわかるがな、エルマー。それはむしろ、良くない結果を生むことになると思うぞ？」

「なぜです、殿下？」

「人は何かを禁じられれば禁じられただけ、それに魅入られてしまう生き物だ。であれば、正確な知識を持ち、理解し、共存していくほうがいいのではないかと俺は考えている。すでにあるものを、なかったことにはできないからな」

クラウスの言葉に、エルマーがなるほど、と小さくうなずく。

とはいえ、現時点で闇魔術の実態はほとんどわかってはいないし、戦闘における闇魔術の支援がどれほどのものなのかも、皆目見当がつかないのだが。

(俺が知っているのは、あの触腕の気持ち悪さと例の臭いくらいだしな)

そういえば、アンドレアが先ほど言いかけていたあの臭いについての気になることとは、いったいなんだったのだろう。

バース転換してしまう前、高熱で寝込んでいた間のことは、自分では何も覚えていない。アンドレアはクラウスの傍に、いったい何を見たのだろう。

「あの船だ！　殿下をお乗せしてくれ！」

馬車のすぐ脇《わき》から、アンドレアが御者に命じる声が届く。

外を見ると、いつの間にか大エウロパ川が間近に近づいてきていて、馬車は葦《あし》が群生する中を走っていた。後方からはザカリアスの軍勢が迫ってきているが、どうにか追いつかれる前に船には乗れそうだ。

安堵していると、やがて馬車が川岸の船着き場に着いた。

「……すごい。なんて水量だ！」

大エウロパ川は川幅が広く、流れも速い。季節性の強風も吹いているせいで、船着き場につながれた二隻の船も、どうかすると流されてしまいそうだ。

だが二隻の船にヘルベルトとエルマー、コンラートがわかれて乗り込み、中で光魔術の呪文《じゅもん》を詠唱すると、船の揺れがぴたりとやんだ。

皆で船に乗り、船着き場を離れても、船は川面を穏やかに進んでいく。

どうにか追手を振り切ることができた。クラウスはほっと一つため息をつき、気づかわしげに船着き場の向こうを見ているアンドレアに声をかけた。

「どうにかなったたな。よくしんがりをつとめてくれた、アンドレア」

「もったいないお言葉です。それに、私だけの力では」

「わかっている。皆のおかげだ」

多くの人の手を借り、支えられて、自分はやっとここに立っている。

ひどい目には遭ったが、今回の一件で王族としてそのことをありありと感じ、心からありがたいと思えた。

国に帰還したら、王族の責務をしっかりと果たそう。そうすることで皆に恩を返していくのだ。

でもできるなら、それはアンドレアとともに……。

「……殿下。残念ながら、まだ終わりではないようです」

「え……？」

「魔術で船を『構築』しているのが見えます。奴ら、川を渡るつもりです！」

「そんな……！」

目を凝らして岸辺を見てみると、大きな黒い船が何隻も出現し始め、人馬を乗せて次々と出航し始めた。

「なんて数の兵士を乗せているんだ！　あんなのに追いつかれたら……！」

思わず不安を口にすると、ヘルベルトが請け合うように言った。

「ご安心を！　我々光魔術師が、皆をお守りいたします！」

「……しかし、我々とコンラート様だけで、あの軍勢を相手にできるのでしょうかっ？」

「するさ！　そのために修行してきたんじゃないか！」

弱気を出したエルマーに、ヘルベルトが語気を強めて言い返す。

だが二人の不安はもっともだ。

何しろ大軍勢だし、川を越えられたら、ヴァナルガンドから迎えにやってくる騎士団たちだけでまともに戦えるかも怪しい。光魔術を使ってコンラートからエゴンに協力を要請してもらいはしたが、間に合うかどうかは不明だ。

このまま戦になどなったら、ヴァナルガンドはもちろん、「東岸同盟」自体も甚大な被害をこうむるのではないか。

（……せめて、王不在でさえなければ……！）

今さら言っても仕方がないが、ヴァナルガンドに王がいれば。

聖獣フェンリルの加護を十分に受けられていれば、こんなことには――。

「大丈夫ですよ、殿下。私があなたを守ります。誰にも指一本触れさせはしません」

アンドレアが言って、こちらに黒く澄んだ瞳を向ける。

その表情が、どうしてか儚《はかな》げに見えたから、妙な胸騒ぎを覚えた。

守るって、いったいどうやって……？

「私に考えがあります。船が大きく揺れるかもしれないので、まずは皆に命綱を。数が足りなければ、マストに体を括《くく》りつけてでも身の安全をはかってください。向こうの船にも、そうするよう伝えていただけますか？」

アンドレアが、魔術師たちとシレアの民たちに指示する。

クラウスも手伝って綱を用意し、一緒に脱出してきた同盟国の民たちに巻きつけて固定していると、アンドレアがこちらにやってきて、腰に手早く命綱をつけてくれた。

そのうえご丁寧にマストの下まで連れていって、ぐるぐると厳重に綱で括りつける。

「なあ、やりすぎじゃないか？」

「このくらいしておかないと、あなたはご自分で外してしまいかねませんから」

「いや、さすがにそんなことは……、おい、何をやってる？」

アンドレアが腰から剣を外し、クラウスを括っている綱とマストとの間に鞘《さや》ごと押し込む。防具も脱いで身軽な格好になったので、どういうつもりなのかと訝《いぶか》った。

エルマーとヘルベルトを傍に呼び寄せて、アンドレアがクラウスに告げる。

「クラウス殿下。奴らの船を、なんとしてもここで食い止めねばなりません。そのためには、防護壁を作るのが最適であると考えます」

「防護壁……？」

「大エウロパ川を中央で東西にわける壁を、南北に長く構築するのです」

アンドレアの計画に、ヘルベルトが賛同する。

「なるほど、それはいい考えだ。コンラート様にも詠唱をお願いして、クラウス殿下の尊い血をいただければ、当座をしのげるくらいのものは構築できるでしょう」

「いいえ、殿下の血は流させません。それに、当座をしのぐ程度のものではなく、長く保《も》つ堅牢《けんろう》な壁でなければ、この難局を乗り切ることはできないでしょう」

アンドレアが言葉を切り、胸に手を当てて続ける。

「ですからどうか、私を人柱として使ってください」

「な、に？」

「人一人を生贄《いけにえ》に捧げれば、壁の高さも長さも、そして堅牢さも、申し分のないものができ上がるでしょう」

「何を言っている！　そんなことをさせられるか！」

生きた人間を生贄として捧げ、強固な構築物を作り上げることは、太古の王朝が行っていた禁忌の術式だ。今の時代にそんなことはさせられないし、アンドレアを生贄に捧げるなんて考えられない。

だがアンドレアは、首を横に振って言った。

「私はダミアン王や貴族たちを殺しました。その罪は、死をもって償わねばなりません」

「そんなことっ！」

「殿下。私には自分自身の命数も見えるのです。私の死に場所は間違いなくここですが、人柱になれば向こう百年はあなたを守れる。私にとって、これほどの誉れはありません」

先ほど見せた儚げな表情でこちらを見つめて、アンドレアが告げる。

「『尊き行いは皆のために』。どうか私に、最期までシレアの戦士としての生をまっとうさせてください」

シレアの民、そしてシレアの戦士としての、アンドレアの誇り。

そのすべてをかけた決意の言葉に、絶句してしまう。

エルマーとヘルベルトも、何も言葉を告げられずにいると、もう一つの船のほうから怒号が聞こえてきた。

どうやら、敵が放った火のついた矢が甲板に届いたようだ。

「時間がありません。始めましょう！」

アンドレアが言って、船尾に向かって歩き出す。

魔術師たちが一瞬こちらを見たが、アンドレアの気迫に押されたように彼についていく。

「……アンドレア、そんな……、そんなの、嫌だ、やめてくれっ……！」

弱々しい制止の言葉は、もはや彼には届かない。

駆け寄って止めたかったが、綱が体に食い込むばかりで身動きすら取れない。

アンドレアが船尾に立って、大きく両手を広げる。

「ヴァナルガンドに永遠の平和を！　我が同胞たちに、安息がもたらされんことを！」

祈りの言葉を残して、鳥がふわりと飛び立つように、アンドレアが川に身を投げる。

ヘルベルトとエルマーが駆け寄り、構築の呪文を唱えると、耳がおかしくなりそうなドウッ、という轟音《ごうおん》とともに、あたりがまばゆく光った。

船体が大きく揺れ、甲板が水で洗われる。

嘘であってほしい。

すべてが夢か幻であってほしい。

身を揺さぶられながら、必死で目の前の現実を否定した。

けれど揺れが収まり、水が流れ去ると、クラウスの眼前には巨大な壁がそびえ立っていた。

大エウロパ川を東西にわけ、南北にどこまでも続く、まるで氷壁のような澄んだクリスタルの壁だ。

その中心には、人柱として埋め込まれたアンドレアの体があった。

「……アンド、レア……、アンドレアッ――――！」

不思議と風がやみ、滔々《とうとう》と流れていくばかりの大エウロパ川の水面《みなも》に、クラウスの叫び声だけが悲痛に響いていた。

「……クラウス殿下、まだお休みになっていらっしゃらなかったのですか？」

とうに皆が寝静まった真夜中過ぎの王宮。

ろうそく一つをつけて執務室の机に向かっていたら、不意に声をかけられた。

読み進めていた闇魔術に関する研究書から顔を上げると、宰相のアスマンが入り口に立って、気づかわしげな顔でこちらを見ていた。

「アスマンか。区切りのいいところまで読んだら寝るつもりだよ」

「そうおっしゃって、昨日も深夜まで起きておいでのでしたぞ？」

「それは……、おまえだって、こんな時間まで起きているではないか」

「わたくしめはこのとおり、年寄りですからな」

アスマンが言って、ためらいながらも部屋に入ってくる。

「執務や研究に励まれるのは大変けっこうですが、少しはお休みにならないと、お体に障りますぞ。せっかく発情をお迎えになったのですから」

「……わかっている。あれから多くの友好国と密な関係を築きつつあるのだ。じきに婿探しを再開するさ」

そう言ってはみたものの、本音を言えば今はまだ婿探しなどする気分ではない。

相談相手のロイドはいまだに具合が悪く、ほとんど寝込んだままだし、何よりもアンドレアを生贄にしたことがずっと重くのしかかっていて、執務でもなんでも、毎日こうして寝る間を惜しんで疲れ切るまでやってでもいなければ、心が潰《つぶ》れてしまいそうなのだ。

目の前でアンドレアを失い、ほとんど呆然自失《ぼうぜんじしつ》のまま王宮に帰還して、そろそろ半年近くが経つというのに。

（英雄だなんてもてはやされたって、あいつはもう、俺の傍にはいないんだ）

皆を守るため、己を犠牲にしたシレアの戦士、アンドレア・ヴァシリオスの名は、大エウロパ川の東西を問わず多くの国々に瞬く間にとどろいた。

それに伴いザカリアス帝国の悪名も知られることとなり、辛くも侵略の危機を脱した「東岸同盟」は大陸南部の国々とも広く友好関係を築いて、いまや帝国に対抗する一大勢力へと成長している。

ヴァナルガンド王国は名実ともにその盟主のような立場になり、クラウスは王の代行者として友好国との会議に同席したり、今後の防衛戦略について積極的に提言を行うなど、いつも以上に周りには毅然とした態度を見せている。

でも、どうしてもアンドレアを諦められない。帰還してすぐの頃、ロイドと少し話ができたときに、人柱についての恐るべき事実を彼から聞いてしまったからだ。

構築魔法で犠牲にした生命は、その魔法の効果がなくなるまで、ゆっくりと時間をかけて命を吸い取られていく。

つまりあの壁の中で、アンドレアは死ぬこともできず、命を削られながら生き続けているのだと。

「……アスマン。俺はアンドレアをあのままにして、この国の繁栄を考えたくはない」

「殿下、そのことは皆で、何度も話し合いを……」

「それはわかっているが……！」

「あの壁は長く我々を守ってくれます。民たちの安全と平和が保たれるのであれば、尊い犠牲であると……」

「アンドレアだって我が国の民だろう！　民を犠牲にして、何が平和か！」

憤りのままに声を荒らげ、拳を机に打ちつけると、アスマンが哀しげに目を伏せた。

それも、今までに何度も口にしてきた言葉だった。

だがクラウスも、本当は十分に理解しているのだ。あの行いこそがアンドレアの意思そのもの、平和を願う気持ちの表れであり、アスマンの言葉も正しいのだと。

「……大きな声を出してすまない。俺だってわかっているんだ。あれ以上、どうしようもなかったことは」

「クラウス殿下……」

「心配しなくても、王族としてなすべきことはきちんとする。だから俺のことは気にしないでくれ。もう夜遅いのだから、おまえも……」

一人にしてほしくて、もう休めと言おうとしたところで、廊下のほうから誰かがやってくる気配があった。

衛兵が執務室をちらりと覗いて、ためらいがちに言う。

「……失礼します。離宮から、急ぎの使者が参っております」

「離宮？」

「はい。ルイーザ殿下が、ご危篤だとのことで」

「……大叔母《おおおば》上がっ……？」

ここひと月ほど、ルイーザはほとんど食事もとれないほど衰弱していた。

いよいよ危ないのだろうか。

「早馬の用意をさせておきます！」

アスマンが言って、急いで執務室を出ていく。クラウスも衛兵とあとに続いた。

（……みんな、俺の前からいなくなってしまうのか……！）

仕方がないことだとわかってはいるが、やはり哀しい気持ちだ。

ルイーザにはザカリアス帝国の脅威など、現状の政治的な懸念についてはほとんど話しておらず、アンドレアが人柱になったことも黙ったままだから、もうこのまま知らせずにおいたほうがいいかもしれない。

明け方近くに離宮にたどり着き、寝室を見舞うと、ルイーザは静かにベッドに横たわっていた。

瞼《まぶた》は開いていて、クラウスが近づくとゆっくりと顔を向けてくれた。

「……クラウス……、来てくれたのね」

「はい」

「嬉しいわ……。あなたに、会いたかったの」

弱々しく差し伸べられたルイーザの手を、クラウスはそっと握った。

かつて剣を振るっていたとは思えないほど細い指先に、知らずまなじりが濡れてくる。

「……聞きましたよ、クラウス。アンドレア・ヴァシリオスのことを」

「……っ……！」

「幼い頃から、あなたの一番傍にいた、大事な人。お互いに、大切な……」

ルイーザが細い声で、途切れ途切れに言葉を紡ぐ。

「あなたたちは、愛し合っていた……。そうなのでしょう？」

「大叔母、上」

「つらかったわね、クラウス。私もとても、哀しいわ」

二人が相愛であったことに、どうやらルイーザは気づいていたようだ。

今まで必死で抑えていた感情が胸にほとばしり、クラウスの目から涙がこぼれてくる。

「大叔母上、俺っ……、お、れはっ……」

「泣いていいんですよ、クラウス。誰も、咎《とが》めたりしないわ」

「ふ、ううっ、ぁああ……！」

声を上げて泣くなんて、幼い子供の頃以来だ。

心の奥底にしまい込んでいた抑えられぬほどの愛情、そして彼を失ってしまった哀しみとが、あとからあとから奔流のようにあふれてくる。

ずっとアンドレアを好きだった。

彼と番の絆を結びたかった。

これからもずっと、自分の傍にいてほしかった――。

言葉にすればそれだけのことなのに、どうしてきちんと伝えなかったのだろう。自分は王族である前に、一人の人間であるはずなのに。

今からだって、彼を助けに行くことができるはずなのに。

（でも、それはできない。決して許されないことだ……！）

私情でアンドレアを助け、多くの人々を侵略の危機にさらすわけにはいかない。やはり、今さらどうしようもないことなのだ。

激しく嗚咽《おえつ》し、とめどなく涙を流しながらも、クラウスはどうにかそう思い、己が感情を抑えた。

そうしてすっと顔を上げ、真っ直ぐにルイーザを見つめて言う。

「彼のおかげで、俺は発情を迎えることができました。彼の尊き行いに報いるためにも、俺は必ず、アルファの番を迎えます。俺がアルファの子を産めば、ヴァナルガンドは、安泰です……！」

まるで自分に言い聞かせるようなその言葉に、ルイーザが小首をかしげる。

「あなたは、それで、いいの？」

「いいも悪いも……、それが俺の責務ですから」

「そうなのかしら。……本当に、そう？」

ルイーザが重ねて訊いてくる。

そうでなかったとして、ほかにどんな選択肢があるというのか。むしろこちらが訊きたいくらいだが……。

「……私ね。少し前に、どうしてかものすごく、死ぬのが怖いと思っていたときがあったの」

不意にルイーザが宙を見上げ、夢見るような口調で言う。

「独りきりで死ぬのは嫌、誰かに傍にいてほしいって、毎日そう願っていた。そうしたらあるとき、フェンリルが現れて、私のすぐ傍まで来てくれた。そしてほんの少しの間、私に添い寝してくださったの。王でもない、ベータの、この私によ？」

「そんなことが……？」

王族ならばフェンリルの姿を見ることだけはできるし、いつでも寄り添ってくれているのを感じられるが、フェンリルが王以外の者に意思を持って近づくというのは、まれなことだ。

死に瀕《ひん》した人間には、そういうことが起こるのだろうか。

「そのときにね、私はフェンリルに触れて、わずかばかり心を通わせることができたの。それで知ることができた。フェンリルにはヴァナルガンドの過去も未来も、運命はすべて見えていて、その運命を自らつかむ意志、国と民のためによき王になろうとする、強い意志がない限り、アルファであるというだけでは、王にはなれないものなのだということを」

ルイーザが言って、こちらに目を向ける。

「もう何百年も、この国ではアルファだけが王に選ばれ、フェンリルと心を通わせて国を治めてきたわね？　でも私は悟ったの。強い想いさえあれば、フェンリルは応《こた》えてくれるのかもしれないって。たとえそれが、ベータやオメガでも……、アルファからオメガになった、あなたであってもよ？」

「オメガの俺に、フェンリルが……？」

そんなこと、今まで考えてみもしなかった。

王になるのはアルファなのだから、オメガの自分が王に選ばれないのは、誰にとっても自明のことだと思い込んでいたからだ。

だが歴史を見れば、政治的手腕や武勲、魔力などを周りから高く評価されていたアルファの王族であっても、王として選ばれなかった者はいた。だからこそ父王は、兄のマヌエルだけでなくクラウスにも、フェンリルに選ばれるよう励めと言っていたのだ。

ならばルイーザの言うことも、絶対にあり得ないとはいえないが……。

「クラウス。アンドレアを、助けたい？」

「それは、もちろん……、そうできるなら、したいです」

「国や民たちを大切に思うのと同じくらい、彼を想っているのね？」

「……はい。俺はアンドレアを、心から愛しています」

不思議とためらうことなく、彼への想いを口にすると、ルイーザがにこりと微笑んだ。

「では王になりなさい、クラウス。それが運命ならば、きっと成し遂げられるはずよ」

「大叔母上……」

「シレアの戦士のように、あらゆる感覚を研ぎ澄ませて……、曇りのない目で、過去と今とを見つめなさい。そして揺るぎない意志を持ちなさい。そうすればきっと、フェンリルはあなたに力を与えてくれることでしょう」

まるで予言者のようにそう言って、ルイーザがうなずく。

ルイーザの澄んだ瞳を、クラウスは言葉もなく見つめていた。


二日後、ルイーザは眠るように息を引き取った。

ヴァナルガンド大聖堂で執り行われた葬儀には、隣国や遠くの国からも弔問に訪れる人がいて、皆力を落とさぬようにとクラウスを勇気づけてくれた。

王族がクラウス一人きりになってしまったことへの心配の声も、あちこちから届いているし、条件のいい縁談も次々に舞い込んできている。

クラウスとしても、オメガとして早く子をなさなければという気持ちは、もちろんあるのだが――――。

(この国の「運命」とは、いったい……)

大聖堂の二階、王たちの祈りの間で日ごとの祈りを捧げながらも、クラウスの思考はいつの間にか、ルイーザとの最期の語らいのときを思い出している。

王になれと、ルイーザは言った。

聖獣フェンリルにはすべて見えているという「運命」を、自らつかむ意志。よき王になろうとする、強い意志。

ルイーザがフェンリルに触れて知ったそれが、王として選ばれるための資質なのだとすれば、確かに誰でも王になれるわけではないだろう。

でも、今やクラウスの中にもその意志はある。そしてそれは、国と民への思いとともに、間違いなくアンドレアへの愛にも支えられていると感じる。

アンドレアの犠牲の上に成り立つ繁栄はやはり虚像であると思うし、彼を救い出し、彼とともに作り上げる世界こそが、クラウスの望む未来だ。

つまりはそれが、フェンリルの見ている「運命」に重なっていなければならないということなのか。

（フェンリルと話したい。俺の意志を、伝えたい）

そんなおこがましい願望を、今まで一度として抱いたことはなかった。

だが、もうその気持ちを否定する気はない。皆のため、アンドレアのため、そしてもちろん自分自身のためにも、フェンリルに思いを伝えたいのだ。

いったいどうしたら、フェンリルと言葉を交わすことができるのか――――。

「……っ！」

ひやりと冷たい空気とともに、背後からフェンリルの気配がしてくる。

頭を垂れたまま動かずにいると、フェンリルがクラウスの脇を通り、薔薇窓《ばらまど》のほうへと歩いていくのが見えた。

意思の疎通をはかることなど不可能だと、ずっとそう思っていた。

しかし、やってみなければわからない。クラウスは深く息を吸い込み、白銀の狼の背に声をかけた。

「……聖獣フェンリル。どうか私の言葉を、聞いてはいただけませんか」

震える声が、祈りの間にうつろに響く。

すると次の瞬間、フェンリルがくるりとこちらを振り返った。

(言葉が、通じたっ？)

自分が見ている光景がまるで信じられないが、凛《りん》と美しい狼が、こちらを真っ直ぐに見つめている。

話す機会は、きっと今しかない。クラウスは驚きつつも、思うところを告げた。

「フェンリル、今、この国には王がいません。私はオメガではありますが、できるならば王となって、国と民を守り、心から慈しみたいと望んでいます」

大それた言葉を口にしたせいか、喉がカラカラに渇いてくるのがわかる。

けれど、すべて伝えなければ。クラウスはぐっと拳を握って続けた。

「ですが、愛する者を犠牲にして平和を築くのでは、なんの意味もありません。私はアンドレアを救い出し、彼と手を取り合って、皆のために生きていきたいのです。どうか私に、それができるだけの力をお貸しください！」

図々しい願いだと、十分に承知している。フェンリルの怒りを買い、二度と姿を現してくれなかったらと、そんな恐怖も感じている。

だが、フェンリルは別段怒っている様子はなく……。

『……隠されし闇を、光の下にさらせ』

「っ……？」

『重い瞼を開き、真実を見据えよ。さすればそなたに、我が力を与えよう』

「……あっ！　待ってください、フェンリル……！」

向こうから話しかけられたことに動転していたら、フェンリルがこちらに背を向けてひょいと飛び上がり、薔薇窓を通り抜けるようにして姿を消してしまった。

一瞬の出来事に、呆然としてしまうけれど。

「隠された闇を、光の下に……？」

耳から聞こえたのではなく、頭の中に直接言葉が流れ込んでいたのだと気づき、それを口に出して言ってみる。

フェンリルは確かにそう告げていた。

でも真実とは、いったいなんのことを言っているのだろう

（……考えろ。答えがわからなければ、そこで終わりだ！）

フェンリルは道を示してくれた。あとは自分で答えにたどり着くしかない。

クラウスは祈りの間を出て、礼拝堂に下りていきながら思考を巡らせた。

闇を光で照らし出す、というのは、今の情勢を考えれば、魔術のことではないかと思われる。闇魔術を、光魔術で照らすというようなことか。

重い瞼はよくわからないが、要はよく見ろということか。とすれば、何か自分には見えていないことがある、ということかもしれない。

あるいは、見ないようにしてきたことが……？

「……ロイド！」

「クラウス様……、いらしたのですね」

人のいない静かな礼拝堂に、ロイドが杖《つえ》をつきながら入ってくるのが見えたから、駆けていって肩を支える。ロイドがすまなそうに言う。

「すみません、クラウス様のお手を煩わせるつもりは、なかったのですが」

「そんなふうに思わないでくれ。こうしてここであなたに会えて、とても嬉しいよ」

ちゃんと顔を合わせるのはふた月ぶりくらいだろうか。

ロイドは最近ますます体が弱くなったらしく、礼拝に来るのはもちろん、公の場に姿を現すこともほとんどなくなってしまった。

以前よりもさらに痩《や》せて、杖なしでは立っているのもつらそうだが、ここに来られたということは、今日は少しは体調がいいのだろうか。

そう思って安堵したのだが、最後列の椅子に座った途端、ロイドが苦しげに言った。

「……クラウス様、私はもう、つらくてたまりません。こうして生きながらえていることが」

「なっ？　何を、言って……」

「ターリクが闇魔術師であると、私が見抜くことができていれば、リア湖畔で何人もの召使いや騎士たちを亡くすことはなかった……。あなたが救い出されたとき、私が自ら大エウロパ川まで迎えに行っていれば、ヴァシリオス卿は、あんなことにはっ……」

「いや、待ってくれロイド！　そんなふうに思うことはないんだ。あなたは何も悪くない」

「いいえ、私のせいです！　すべて私のせいなのです！　どうかもう、私を殺してください！」

「……ロイドっ……」

すっかり取り乱し、泣き崩れてしまったロイドの姿に、胸が苦しくなる。

でも、どれもこれもロイドのせいではないし、そんなふうに泣かれるとこちらも哀しい。

クラウスはロイドの細い体を優しく抱き、なだめるように言った。

「どうかそんなことを言わないでくれ、ロイド。あなたは悪くないんだ」

「ですがっ」

「あなたにまで死なれたら、俺はもうどうしたらいいかわからないよ。あなたは俺にとって、大切な――――」

言いながら、ロイドの華奢な背中をそっとさすった途端。

彼の体から、かすかに妙な臭いがしてくることに気づいて、ゾクリと背筋が震えた。

今までこんなことはなかったし、あり得ない、勘違いだと否定しそうになったけれど。

(勘違いじゃ、ない。これは……)

よどんだ血の臭い。闇魔術の臭いだ。

だがそんなはずはない。

王宮の医師たちは、ロイドがターリクから受けた傷は完治したと言っていたし、そもそもロイドは、この国において最高位と言っていいほどの魔力を持つ光魔術師だ。

間違っても闇魔術などに、手を染めるわけが……。

(……でも、俺はこの臭いを知っている。知っていたんだ……!)

目の前に霞《かすみ》がかかったように、ずっとそれがいつの出来事であったのかを思い出すことができなかった。

けれどアンドレアが天幕の中で言いかけた言葉とフェンリルの示唆、そして今、こうしてロイドに直《じか》に触れたことがきっかけとなって、じわじわと記憶が甦《よみがえ》ってきた。

アルファからオメガへと、バース転換する前。

高熱を出して床に伏していたとき、ロイドは何度か、看病のために寝室に入ってきた。臭いを嗅いだのは、間違いなくそのときだった。

アンドレアが何を見たのかはわからないが、彼もあの臭いを嗅いでいたのなら、それは同じときのことなのではないか。

もしもロイドが、闇魔術の使い手なのだったら。

そしてそれを、まさに光魔術師としての高い能力ゆえに、ずっと隠しおおせていたのだとしたら。

恐ろしい想像に、息が詰まりそうになる。

まさかこれがフェンリルの言う闇なのか。クラウスがずっと見据えていなかった、真実なのか。

「……ロイド。あなたに訊きたいことがある」

クラウスはゆっくりと体を離し、さめざめと泣くロイドの顔を注意深く覗き見た。

「あなたから、闇魔術の臭いがする。なぜだ」

短く問いかけると、ロイドが顔を上げてこちらを見た。

何を訊かれたのかわからない、という怪訝そうな表情をしていたが、クラウスは目を背けることなくロイドの淡いブルーの瞳を見つめた。

するとその優美な顔に、薄い笑みが浮かんだ。

「……ふ、ふふ……、はは、あははは……！」

泣き濡れていた姿から一転、ロイドが哄笑《こうしょう》し始めたから、ぎょっとして身を引く。

今まで見たこともない、邪悪さを感じさせる笑みを見せて、ロイドが言う。

「そんなに鼻が利くなんて、まるでシレアの戦士のようだな？」

「な……？」

「あの男から臭いを隠し、記憶に覆いをかけるのは、なかなか骨の折れることだった。いなくなってせいせいしていたのに、まさかおまえに嗅ぎつけられるとは！」

「うわっ！」

手も触れずに体をドンと突き飛ばされ、礼拝堂の床に倒れ込んだ。

よどんだ血の臭いが濃厚に漂ってきたから、驚いて見上げると、ロイドがふわりと浮き上がり、楽しげな目をしてこちらを見下ろしてきた。

その透ける肌はみるみる紫がかった灰色になり、背中には赤黒い、まるで蝙蝠《こうもり》の翼のようなものが生えてくる。

見るもおぞましい異形の姿。

ロイドは魔物だったのか。

あまりにも衝撃的な事実に、おののいて床の上を後ずさると、ロイドが低く嘲笑《ちょうしょう》するように告げた。

「おまえにビッチングの呪いをかけたのは私だよ、クラウス！」

「……！」

「ザカリアスにおまえを売ったのもそうだ。おまえの苦悩はたまらなく甘露な味だった！」

「そ、んな……っ」

隠されていた闇と、見えていなかった真実。

やはりこれが、フェンリルの言っていたことなのか。

「だが、まだ足りない。私はおまえの絶望を骨まで食らいたいんだ。どうしたらもっと苦しんでくれる？」

「っ……」

「そうか、わかったぞ！　あの忌々しい防護壁を壊せばいいのだ！」

ロイドがくく、と笑い、翼を使って礼拝堂の天井近くまで舞い上がる。

「壁を破壊してアンドレア・ヴァシリオスをあそこから引きずり出し、おまえの目の前でなぶり殺しにしてやろう。この国は闇で満ち、おまえは絶望の中、愛する者を救えなかった我が身を呪うのだ！　あっはははは……！」

「あっ……、ま、待てっ！」

礼拝堂の上部にある窓を勢いよく突き破って、ロイドが外へと出ていく。

慌てて這うようにして出口から表に出ると、ロイドが大きな翼を広げ、西の方角に向かって飛んでいくのが見えた。

まさか本当に防護壁を壊す気なのか。

「……クラウス様、どうなさったのですっ？」

礼拝のためにか、エルマーがこちらにやってきて、礼拝堂の窓が粉々になっているのを見て驚いて駆け寄ってくる。クラウスはエルマーの腕をつかんで言った。

「ロイドが、恐るべきことを企んでいる。すぐに人を集めろ！」

なんであれ、これ以上彼の好きにはさせない。クラウスはそう決意しながら、王宮に駆けていった。


その後、王宮に重臣たちや騎士団長、魔術師団長らが急遽《きゅうきょ》集められ、クラウスの口からロイドの悪《あ》しき正体と企てとが告げられると、皆動揺し切った様子を見せた。

ともかくも壁の破壊を止めなくてはと、同盟各国に協力を仰ぐ文書を送り、構築の必要もかんがみて、クラウスが自ら百騎ほどの騎士と魔術師を率い、ロイドを追跡することとなった。

（ロイドは、なぜあんなひどいことを……！）

信じていた相手の裏切りに、クラウスは強い衝撃を受けている。

亡き兄王子マヌエルの番で、皆に好かれる優しい気質の光魔術師。

クラウスにとっては良き相談相手で、アンドレアとの「夜伽」の話までも打ち明けていたほどの親密な間柄だ。

だがロイドの言葉が本当なら、彼は闇の力を隠して皆を欺いていたことになる。

アルファのクラウスにビッチングの呪いをかけてオメガに堕としながら、優しく気づかうふりをして傍にいたなんて、裏切りなどという生やさしい言葉では足りないかもしれない。

だが、聖獣フェンリルが闇魔術など受け入れるはずがないことは、彼にもわかっていたはずだ。いずれは露見するかもしれないのに闇に手を染めたのは、なぜなのか……？

「殿下！　まもなく大エウロパ川です！」

先を行っていた騎士が傍までやってきて、クラウスに告げる。

「ですが、おかしいのです！　川の水量があまりにも少なく、ほとんど干上がりかけているのです！」

「何っ？」

「それに、川からはおかしな臭いが。まるで動物の血肉が腐ったような……！」

「……くそっ、闇魔術か！」

水が干上がるほどの魔法が、すでに展開されているのか。

「急げ！　壁を破壊させるなっ！」

クラウスの声に、皆が馬の脚を速める。

やがて川が見えてきたが、確かに水量が極端に少なく、悪臭がプンプンしてくる。

南北にどこまでも続く壁の中心、アンドレアの体が埋め込まれている場所のあたりの空には、黒灰色の雲が広がっているのが見えた。

どうやら壁を破壊すべく、何人かの闇魔術師が術をかけているところのようだ。

「この水量なら馬で壁に近づける！　このまま進め！」

クラウスは騎士たちに命じ、自らも川岸を越えて、ためらうことなくむき出しの川底に馬を進めた。

「……あれは……、ターリクッ！」

壁に近づくと、リア湖畔で見たローブを着た闇魔術師たち、そしてターリクが、あのときのように氷の柱を作ってその上に立っているのが見えた。

アンドレアの体があるあたりに向かって、壁を壊すべく呪文を詠唱しているところのようだ。光魔術師に防御魔法を展開させ、騎士たちで取り囲むと、ターリクがこちらを振り返ってにやりと笑った。

「おや、これはこれは！　ビッチング・オメガのクラウス殿下ではないですか！　ザカリアスの帝都では、ずいぶんと派手なお振る舞いをなさったようで？」

「よくも謀ってくれたな！　これ以上貴様の好き勝手にはさせないぞ！」

「威勢のいいことで！　しかし邪魔はしないでいただきたい。私もしがない雇われの身なのです。ほら、ご覧なさい。こちらに攻め込む瞬間を、皆が今か今かと待っているのですよ！」

「なっ……、なんだ、あれはっ！」

透明な壁の向こう、川の西側に目をやると、そこには何か怪しげな黒い物体が無数にうごめいているのが見えた。

分厚い壁越しでよくわからないが、どうやら魔獣の群れのようだ。

そのさらに向こうには、闇魔術の支援を受けているらしい黒い騎兵の軍勢がいて、槍を掲げて突入の機会を待っている。

あれだけの大群に入り込まれたら、こちらはひとたまりも――――。

「そのようなわけで、あしからずご容赦を。ロイド殿、お任せしてもよろしいか！」

呼びかけた途端、頭上の雲の中からロイドが赤黒い翼をはためかせて現れた。

「……危ないっ！　皆、下がれ！」

クラウスが全員を下がらせた刹那、ピシャッと稲妻が走って、川底が円形に焼け焦げた。

闇魔術の威力に、騎士たちが息をのむ。

「ロイド！　なぜこんなことをするんだ！」

「なぜだと思う？」

「わからない！　どうしてヴァナルガンドを裏切るような真似《まね》を……！　うわっ！」

自在に雷を落とすように、ロイドがこちらに向かって攻撃してきたから、じりじりと後退させられる。

その間にもクリスタルの壁が少しずつ薄くなり、徐々にアンドレアの姿がはっきりと見えてきた。

（……アンドレア……！）

姿を目にしただけで、胸に切ない感情がこみ上げる。

肌の色も、がっしりとした体形も、最後に抱き合ったときと少しも変わらず、彼があの中で本当に生きているのだということが、はっきりと感じられる。

ターリクが壁を壊してくれたら、アンドレアを助けられるのではと、そんな考えまでが頭をかすめるけれど、今壁を壊されたら魔獣の大群と騎兵とに攻め込まれてしまう。

なんとしても、壁は守らなければならない。

でもそれは、アンドレアをあのままにしておかなければならないということで……。

「ふふ、ははは！　苦しんでいるようだな、クラウス！」

懊悩《おうのう》するクラウスを見やって、ロイドがせせら笑う。

「おまえの苦悩は本当に美味だ！　今、あの男と東岸の国々とを天秤《てんびん》にかけただろう？」

「っ！」

「さあどうする？　東岸の国と民とを守るために、我らの邪魔をして愛する者を百年かけてじわじわ殺すか？　それとも愛する者を助けられるかもしれないことに望みをかけて、多くの民を見殺しにするか？　清廉を気取るおまえには、似合いの悩みだな！　あっははははは！」

「く……、ロイド、あなたは、本当にっ……！」

ロイドの目的は皆目わからない。だが、彼に嫌われていることだけはよくわかる。

否、ビッチングの呪いをかけられるくらいだから、もはや嫌うなどという段階ではなく、腹の底から憎まれているのではないか。

でも、なぜ……？

「ロイド！　こんなこと、亡き兄上が知ったらどれほどお嘆きになるか！」

「何だと……？」

「お優しいあなたを、マヌエル兄上は心から愛していらした！　どうか昔のあなたに戻ってください！」

「……黙れッ！　おまえに何がわかるというのだッ！」

ロイドの紫がかった灰色の肌がカッと赤みを帯びたと思ったら、稲妻の矢のようなものが雨のようにドウッと降ってきた。

どうやらロイドの怒りに触れてしまったようだ。光魔術師たちが盾を作って防護してくれたが、騎士団もクラウスもますます壁から遠ざけられる。

ターリクがロイドを振り返り、呆《あき》れたように言う。

「まあまあ、そう怒りなさんなロイド殿。どのみちこいつらはここで死ぬんですから」

「アンドレア・ヴァシリオスは私に寄こせ！　クラウスの前でじっくりいたぶって殺してやるのだからな！」

「へえへ、お好きなように。まったく、積年の恨みは深いねえ」

ひどく感情的なロイドの反応に、ターリクが肩をすくめる。

ロイドの激しい怒りの源は、兄王子のマヌエルに関係することなのか。積年の恨みとは――。


「よし、ひびが入った！　まずはこいつを……」

ひびの入った壁の割れ目から、ターリクがアンドレアをつかみ出そうとしたら、彼を包んでいたクリスタルの壁がパンと音を立てて弾けた。

アンドレアの体がずるりと滑り、そのまま干上がりかけた川へと落下する。

「アンドレアッ！」

思わず馬で飛び出すと、南北にどこまでも続く壁にミシミシとひびが広がり、アンドレアが埋め込まれていたあたりがズンと大きく崩落した。

「殿下！　危ないです、お下がりください！」

「だが、アンドレアが！」

追いかけてきた騎士たちに止められ、後方へと下げられる。

ロイドが翼を使って飛び上がり、アンドレアが落ちた真上のあたりまで行って、ターリクに苛立たしげに言う。

「ターリク！　取り落とすとは何事だ！」

「いや、すまんねえ。まさかあんなに綺麗に割れるとは！」

ターリクが悪びれもせずに言って、にやりと笑う。

「だがまあ、いいじゃないですか。魔獣に生きたまま食われるところを見せてやるなんてのも、悪くないと思いますがね？」

ターリクの言葉にぎょっとして、壁が崩落した隙間から西側を見ると、魔獣の大群がこちらに向かってやってきているのがわかった。

クラウスは怒りに駆られて叫んだ。

「そんなことはさせない！　アンドレアっ！　俺が今、助けに――――！」

止める騎士たちを押しのけ、馬で駆け寄ろうとしたそのとき。

何か白い影のようなものが、クラウスの頭の上を背後からふわりと飛び越えていくのが見えた。

白い影は壁の隙間に殺到する魔獣たちをドッと弾き飛ばして、ロイドの片翼をかすめながら、アンドレアが落ちたあたりに飛び込む。

そうしてまたすぐに、ぐんと空高く舞い上がった。

翼を片方失ったロイドが悲鳴を上げて川に落ちる短い間に、白い影がまたクラウスを飛び越え、後方のむき出しの川底に降りる。

いったい何が起きたのかと、瞬《まばた》きもせずに見ていると、白い影が徐々に見覚えのある姿に変化し始めた。

（……あ、れは……！）

現れたのは、気高く美しい白銀の狼。ヴァナルガンドの守護聖獣、フェンリルの姿だ。

その足もとにはアンドレアが横たわっていて、フェンリルが鼻先で胸をトンと突くとゴホッと水を吐き出し、激しく咳《せ》き込み始めた。

どうやら、息を吹き返したようだ。

「おい、見ろ！　あれは、もしやっ……？」

「……おお……、間違いない、フェンリルだ……！」

「聖獣フェンリルが降臨された！」

騎士や魔術師たちから感嘆の声が上がったから、驚いて顔を見回す。

どうやらクラウスだけでなく、皆にもフェンリルの姿が見えているようだ。

でも、王がいなければ皆には見えないはずなのに……？

「……あなたが王なのですね、クラウス殿下！」

騎士団長が感激したように言って、うやうやしく胸に手を当てる。

「ああ、いえ！　もう、そうではありませんね。どうか言い間違いをお許しください、クラウス国王陛下！」

よく通る声で騎士団長がそう言うと、ワァッと歓喜の声が上がった。

振り返ると、フェンリルの美しいブルーグレーの目が、こちらを真っ直ぐに見ている。

まるで実感はないけれど、どうやらそういうことのようだ。

「……そうか。俺が、王なのか！」

それなら、皆を守ることができる。クラウスは自らの剣を抜き、高く掲げた。

「ヴァナルガンドの偉大なる守護聖獣、フェンリル！　建国の王ヴィルヘルムとの契約に従い、どうかその尊きお力を我らにお貸しください！」

力強く発せられた言葉に応えるように、クラウスはもちろん、騎士や魔術師の武器や防具、マントなどが白銀の光を放つ。

体にも何か力がみなぎってきて、フェンリルの加護を得られたことを実感する。

もはや魔獣にも、その向こうの黒い騎兵たちにも負ける気がしない。クラウスは剣を天に向けて突き上げ、進軍の号令を発した。

「行け！　闇を打ち砕け！」

うおお、と雄叫びを上げて、騎士たちが壁に向かって突撃していく。

そこからは、形勢逆転という言葉のとおりの光景が目の前に広がった。

壁の隙間からこちらへ入り込んできた魔獣たちは、光魔術師の魔法とフェンリルの力を得た騎士たちによって難なく駆逐された。

騎士たちはそのまま川に入って前に突き進み、こちらに攻め入ろうとしていた闇の軍勢を壁の向こう側に押し戻す。

そしてそこから放射状の隊列を組んで、敵の前衛を一気にせん滅する。

壁際では、光魔術師たちに囲まれた闇魔術師たちが、慌てて逃れようと壁の上に飛び上がるが……。

「ぐわああ……！」

フェンリルが闇魔術師一人一人にふわりふわりと飛びかかり、鋭い牙《きば》で嚙みついていく。

焦って逃げようとしたターリクも、頭からがぶりと嚙まれて川に投げ捨てられた。

そうして闇魔術師を一人残らず嚙み殺すと、フェンリルが壁の上に立って西の方角を向き、威嚇《いかく》するような咆哮《ほうこう》を発した。

「……くっ、すごいなっ！　なんて力だ……！」

敵の軍勢を覆っていた闇の力が吹き飛ばされ、統率を失ってばらばらと撤退していく光景に、身が震える。

ヴァナルガンドはこんなにも強大な力を持つ守護聖獣に守られ、自分はその国の王として選ばれたのだと。

「……フェンリル？」

フェンリルが川に顔を向け、壁からひょいと飛び降りたので、そちらに目を向けると、片翼のロイドがよろよろと川から這い上がってくるのが見えた。

クラウスは慌ててそちらに馬を向け、叫んだ。

「フェンリル、待ってください！　彼を殺すのはっ……！」

どうしてこんなことをしたのか、彼の口からちゃんと聞きたかったのに、このまま嚙み殺されてしまってはそれは叶わない。

だが倒れ込んだロイドに、フェンリルが飛びかかる寸前――。

「……どうかそこまでに願います！」

アンドレアが素早く滑り込んできて、ロイドをかばうように間に割って入ったので、フェンリルが動きを止める。

クラウスも馬を下り、傍まで駆け寄ると、アンドレアがロイドを見下ろして哀しげな声で言った。

「聖獣自ら手を下さずとも、ロイド様は、もう……」

「……！　ロイド……！」

おぞましい魔物の姿をしていたロイドが、クラウスの目の前で人の姿へと戻っていく。

その身は見る影もないほどに痩せ衰え、ほとんど生きているのが不思議なくらい衰弱していた。

「ロイド……、ロイド、しっかりしろ！」

思わず膝をついて抱き起すと、ロイドが薄く目を開けてこちらを見上げた。

そうして弱々しく笑い、か細い声で言う。

「……まったくあなたは、本当に小憎らしい人だ。こんな私に、まだ情けをかけようと？」

「ロイドっ」

「でも、きっとそんなあなただからこそ、王に選ばれたのでしょう……。愚かな私にも、ようやくマヌエル様のお気持ちがわかりましたよ」

「兄上、の……？」

それはいったい、どんな気持ちなのだろう。マヌエルはクラウスをどう思って……？

「マヌエル様は、あなたこそが次の王にふさわしい方だと、そうおっしゃっておいででした。ご自分はあなたの倍努力して、ようやく追いつけるくらいだと。あの方が寝る間も惜しんで、体を壊すほどに研鑽《けんさん》に励んでいらしたことを、あなたはご存じないでしょう？」

「……兄上が、そのような……？」

「そうです。だから私は、マヌエル様が子をなすこともなく若くして亡くなったのは、あなたのせいだと……、そう逆恨みして、あなたにビッチングの呪いをかけたのです。そしてその代償として、このとおり体が闇の力に蝕《むしば》まれてしまった」

ロイドが言って、自嘲《じちょう》するように微笑む。

「なのにあなたは、オメガになっても何も変わらなかった。アルファとして王になる道を断たれ、世継ぎを産むことばかりを求められる立場になっても、心折れず胸を張って生きていた。そんなあなたが憎くて、私はますます、闇魔術に傾倒し……っ」

言いかけた途端、ロイドがごふ、と血を吐いた。

もはや臨終の際なのか、ロイドの声がかすれてくる。

「マヌエル様の、お言葉のとおり、あなたは王になる運命を手に入れた……。それだけでなく、運命の番とも、出会えて」

「運命の、番？」

「まさか、お気づきではないのですか？　アンドレアのことに、決まっているでしょう？」

呆れたふうに、ロイドが言う。

「でも、私だってマヌエル様を、心から愛していたのです。だからせめて、最後にあなたを、祝福させてくださいな……」

ロイドが言って、骨の浮き出た手を空に向かって伸ばす。

低く魔法を詠唱すると、クリスタルの防護壁に入っていたひびが綺麗に消えていき、崩落した部分に何か新たな建造物が構築され始めた。

それは大きな水門と高い塔、そして川を東西に渡ることができる長い橋だった。

フェンリルがひょいとそこに移動し、橋の上を歩いて塔の屋根に飛び乗ると、すべてが白銀に輝くのがわかった。

「いつかあなたがおっしゃっていた、『断絶よりも対話を』。フェンリルの加護を得た今、それはもう、ただの甘い理想ではないですね？」

「ロイド……」

「よき王に、クラウス様。ヴァナルガンドの末永い繁栄を、祈っております」

ロイドが微笑み、静かに息絶える。

その体は一瞬で風化し、塵《ちり》となって消えてしまった。

人の命をこんなにも削り、骨も残らぬほど食らい尽くす闇魔術とは、なんと恐ろしく、哀しいものなのだろうか。

「……ロイドにも、自分の命の終わりが、見えていたのかな？」

独りごちるように問いかけると、アンドレアがうなずいて答えた。

「おそらくは。でもそれは、逃れられない定めではないのだと、私はもう知っています」

「そうだな。だからおまえはまたここに……、俺の前に、いるんだからな」

クラウスは言って、アンドレアのほうを見た。

『アルファとオメガは運命によって結ばれる』と、いつぞや、たわむれに口にしたことがあった。

だが、自分の運命の相手がこんなにも近くに存在していたなんて、一度失ってみるまで気づかなかった。

人はいつか必ず死ぬけれど、こうして戻ってきてくれたからには、誰よりも傍にいてほしい。クラウスはアンドレアを真っ直ぐに見据え、想いを告げた。

「おまえを愛しているよ、アンドレア。今までもこれからも、俺にはおまえだけだ」

「クラウス様……」

「『夜伽役』は解任する。代わりに俺と、番の絆を結んでくれ。俺のただ一人のアルファになって、生涯をともに歩んでくれ！」

こんなふうに自分から求婚することになるなんて、まさか思ってもみなかった。

アンドレアもさすがに驚いたのか、瞠目してこちらを見返す。

だがやがてその精悍な顔に、見慣れた穏やかな笑みが浮かんだ。

うやうやしく頭を垂れて、アンドレアが言う。

「仰せのとおりに、我が王。私の身も、心も、とうにあなたのものなのですから」


闇魔術の影響で枯渇しかかっていた大エウロパ川が、ゆっくりと元の豊富な水量に戻っていくのを見届けてから、クラウスは皆とともに、ヴァナルガンドへの帰途に就いた。

そして王宮に着くと、オメガながら聖獣フェンリルと契約を交わしたことを宣言、ヴァナルガンド国王として即位した。

さらにその場で、シレアの民であるアンドレア・ヴァシリオスと結婚することを内外に発表、ヴァナルガンド大聖堂にてささやかな婚礼の儀式を行い、アンドレアは正式にクラウスの王配となったのだった。

どちらも王国史上前例のないことであったが、聖獣フェンリルに選ばれたオメガの新国王と、人柱から生還したアルファの英雄とは、誰の目から見てもまごうことなき『運命の番』同士であり、民たちはもちろん、貴族たちも皆、二人の結婚を心から祝福してくれた。

ザカリアス帝国の二度にわたる侵略をはねつけた『東岸同盟』、その盟主であるヴァナルガンド王国には、その後周辺諸国や大陸南部、そして大エウロパ川西岸の国々からも親善使節団の訪問が引きも切らず、クラウスは王として、今まで以上に精力的に政務をこなしている。

「クラウス陛下、ザカリアス帝国に関する最新の報告書が届いておりますぞ」

うららかな午後。謁見と会議の合間に執務室でしばし休息していたら、アスマンが書類を持ってやってきた。

クラウスは長椅子に寝そべったままそれを受け取り、まずはざっと眺めた。

「……ほう。結局内乱に陥ったのか」

あのあと、ザカリアス帝国内部では、後継者争いのために大規模な内紛が起こった。

対外拡大路線をとる貴族たちが粛清されると、不満を募らせていた被占領国が次々に独立を宣言し、あっという間に帝政は瓦解《がかい》してしまった。

その後、闇魔術を操る一団が国家簒奪《さんだつ》を企てたという情報もあり、警戒していたのだが、かつてダミアン王に追放され、長らくへき地に幽閉されていた正当な王位継承者が解放され、光魔術師たちとともに蜂起《ほうき》したため、現在内乱状態に陥っているという。

「何か手助けできることがあればいいのだが、あまり干渉するわけにもいかないしな」

「移民の受け入れもすでに始まっておりますので、かの国の政情については、しばし静観するしかないかと」

「そうだな」

ヴァナルガンド王国は、大陸各地に点在するシレアの民や、不当な差別に苦しむ人々を、移民として広く受け入れることを表明している。

そうした政策に懸念を示す者もいないことはないのだが、それはヴァナルガンドのこの先の運命を知る、聖獣フェンリルの意思でもあった。

前例のないオメガの王の下、新たな民を受け入れ、皆で豊かな国を作っていく。

それがフェンリルの示す、ヴァナルガンドの未来への道なのだ。

「さて、そろそろ休憩は終わりだ。アスマン、今日のこのあとの予定は……」

言いながら起き上がったところで、クラウスはかすかなめまいを覚えた。

働きすぎているつもりはないのだが、もしや疲れているのか……？

（……いや、違う。これは……！）

腹の奥のかすかな震え。速まっていく鼓動。

間違いない。この感覚をずっと待っていた。クラウスはアスマンに訊ねた。

「アンドレアは、今どこに？」

「この時間ですと、王国騎士団の見習い騎士たちに訓示をなさっているところではないでしょうか？」

「そうか。すまないが、終わったらなるべく早く北の塔に来るよう、アンドレアに伝えてくれないかな？」

これから行われることへの照れなのか、頬が熱くなるのを感じながら言うと、アスマンが怪訝そうな顔をした。

けれどすぐに状況を察したらしく、ぱっと明るい顔になる。

「おお！　陛下、それはもしやっ？」

「ああ、発情し始めたみたいだ。今すぐアンドレアと、番の絆を結びたい」

アスマンがうなずき、後ろ姿からもわかるほどうきうきと執務室を出ていく。

クラウスも席を立ち、胸の高鳴りを抑えながらゆっくりと歩き出した。


軽く行水をしてから、ふわふわとした甘い気分で北の塔の寝室に行く。

まだ日が高いので部屋が明るいのが、なんだかとても新鮮だ。

「夜伽」で何度も抱き合ったベッドに腰かけると、嗅ぎなれた薔薇水の香りが漂ってきた。

結婚してから、王宮に寝室を持ってはいるが、ここはやはり特別な場所だ。

二人でときどきここに来て、誰にも邪魔されず愛し合うというのもいいかもしれない。

待ちきれずに服を脱ぎ、薄手のローブ一枚だけをまとって寝具の上に横たわると、劣情で視界が薄紅色に染まった。

(俺は、アンドレアのものになるんだな……)

心が甘く蕩《とろ》けるような喜びに、オメガの体が昂り出す。

胸の蕾《つぼみ》は硬く勃《た》ち上がり、自身も形を変え、後筒は愛蜜でとろりと潤む。

手を首の後ろに回し、チョーカーを外すと、バターミルクのような香りが漂うのが感じられた。

アルファをいざなう、クラウスのオメガフェロモンの匂い。

互いに求めるがままに愛し合い、アンドレアが首を噛んだ瞬間、それは彼だけを魅了する匂いへと変わる。

そしてクラウスは、永遠にアンドレアだけのオメガに――。

「……お待たせしてすみません、クラウス様。アンドレア、参りました」

戸口に現れたアンドレアから漂ってきた、麝香に似た香り。耳を撫でる甘い声。

強くたくましい肉体は、いつも以上に輝いて見える。

クラウスの発するオメガフェロモンが彼にも届いたのか、その目がきゅっと細められるのがわかった。

「……これはまた、なんと鮮烈な……」

「アンドレア……、こっちに、来いっ」

濡れた声を発しながら、彼のほうに手を伸ばす。

アンドレアがこちらにやってきて、まるで匂いに当てられたように、ふらりとベッドに腰かける。

「すごい……。くらくらします」

「やっとこの日が来たんだ。早く、欲しいっ」

「私もです……！」

アンドレアが答え、ばさりとチュニックを脱ぎ捨てる。

「戦士の証し」の刺青が刻まれたまぶしいほどの厚い胸板と、引き締まった腹筋とが、クラウスの潤んだ体に覆いかぶさってくる。

「ぅ、んっ、ぁ、む……」

体をかき抱き合って口唇を重ね、淫らに舌を絡め合う。

アンドレアの口腔は熱く、肌もやけどしそうなほどに火照《ほて》っている。

彼の肌を撫でてその熱さを楽しみ、下腹部にも手を滑らせると、下穿《したば》きの中の彼自身が、すでに欲望の形をしているのが伝わってきた。

「ん、んっ」

クラウスの舌をちゅるり、ちゅるりと吸い立てながら、アンドレアがせわしく下穿きを脱ぎ出したから、クラウスもローブを脱いで全裸になる。

脚を開いて彼の腰に絡めると、アンドレアが局部同士を重ねるようにぐっと押しつけてきた。

アンドレアの巨軀に見合った、大きな肉杭。

数えきれないほど何度もこの身に受け入れてきたけれど、頭の部分の嵩《かさ》はもちろん、幹の太さも、オメガのクラウスからすると尋常ではない。付け根にある亀頭球の大きさも、ちょっと信じ難いほどだと思う。

でも、クラウスはたまらなくこれを欲している。硬さと熱さとに気が昂って、思わず腰を揺すって己をこすりつけると、アンドレアがクラウス自身に手を添え、応えるように腰を動かし出した。

「ん、ふっ、ぁ、ン」

ふっくらした手のひらと熱杭とで欲望をこすられて、口づけあった口唇の端から甘い声がこぼれる。

発情しているせいかクラウス自身は敏感で、鈴口からはすぐに嬉し涙があふれてくる。それを切っ先に絡められ、指で先端をもてあそばれたら、もうそれだけで腹の底がきゅうきゅうと収縮し始めた。

夢中でアンドレアの舌を吸い、腰を前後させて欲望を彼の幹にこすりつけたら、止めようもなく射精感が高まってきて……。

「んぅ、ふうっ、あぁ……！」

「……おっと、もう達ってしまいましたか……？」

あっけなく頂に達し、体をビクンビクンと震わせると、アンドレアが押しつけていた下腹部をわずかに離した。

　切っ先からびゅっと伸びやかに放出され、腹にぱたぱたとこぼれた白蜜は、自分でも驚くほどの熱さだ。発情で体中がぐつぐつとたぎっているのがありありと感じられ、出し切ってしまっても、劣情が落ち着く気配などはまるでない。

　アンドレアも当然それをわかっているので、白蜜で濡れた手で双果を優しくまさぐってから、狭間《はざま》を滑り下りて後ろを指先で探ってきた。

「ぁ、あん」

　窄まりはすでにほころび始めていて、彼に指の腹で触れられると吸いつくように震え動く。

　そのままくぷんと中に沈められたら、もうすっかり蕩けているのが感じられた。

「あ、ふっ、ん、ぅっ」

　一本の指で優しくかき混ぜられ、次いで二本目の指を挿れられて、襞をほどくようにくちゅくちゅと出し入れされる。

　太くて長い彼の指に愛蜜が絡まって、動きはじきにぬるぬると滑らかになる。

　三本目の指を挿入されても、クラウスのそこは柔軟に受け入れ甘やかに熟れていく。

　アンドレアが上体を起こし、蜜壷《みつつぼ》の中で指を細やかに動かして優しくほどきながら、愛おしげにこちらを眺めて言う。

「やはりあなたは、とても綺麗だ」

「そ、うか？」

「こうしてあなたに触れ、美しさを堪能できるのは、後にも先にも私だけなのですね？」

「ああっ、あっ、そ、こっ、はあっ、ああっ」

胸の突起を交互に口唇で吸われ、同時に内腔前壁の中ほどを指先でさらうようになぞられて、悦びを追って腰が跳ねてしまう。

自分を綺麗だとか美しいだなんて、以前はとても思えなかった。

でもアンドレアがそう言ってくれるのだから、もうそれでいいのだと思う。

彼の前でなら、どんな姿でもさらけ出せる。王でもなく、オメガでもなく、ただ一人の生身の人間になって、悦びの淵をたゆたっていられる。

それはクラウスにとって、この上なく幸福なことだ。

心地よさに酔うあまり、だらしなく口唇が緩み、唾液がつっと口の端を伝い落ちると、アンドレアが乳首から口唇を離し、それを舌で丁寧に舐め取って、確かめるように訊いてきた。

「中が、ヒクヒクしてきました。また達きそうなのですか？」

「う、んっ、ぃ、きそうっ」

「では、もう一度達きましょうか」

「あっ、ああっ、はぁっ」

口唇と舌を使った乳首への刺激と、蜜筒をまさぐる丁寧な指の動きとで、優しく頂へと追い立てられる。

クラウスの腹の底から、またひたひたと悦楽の波が押し寄せてきて……。

「はぁ、あ……！」

アンドレアの指をきゅうきゅうと締めつけて、再び白蜜を洩らす。

彼に触れられて達するのはいつでも最高に気持ちがよく、発情していると悦びもさらに大きい。

だが快感に震えながらも、体の奥のほうに、何かこれまでに感じたことのない新しい感覚がかすかに兆してきたから、戸惑いを覚えた。

喜悦でビクン、ビクンと体が跳ねるたび、腹の奥にきゅん、きゅん、と甘く震える場所があって、妙な切なさを覚えるのだ。

天幕で初めて発情し、抱き合ったときには、感じたことがなかったものだが、これはいったい……？

「クラウス様のお体が、私を欲しがってわないているのを感じますよ」

クラウスが感じている切なさを察したように、アンドレアがそう言って、慈しむような目をしてこちらを見下ろす。

「あなたの中にある神聖な場所が、アルファの私を呼んでいるのでしょう。番の絆を結び、新しい命を宿したいと」

（ああ、そうか……。そういう、ことか……！）

この甘く切ない感覚は、アンドレアと心が通い、結婚している今だからこそ、感じるものなのかもしれない。

愛しい伴侶《はんりょ》であるアルファのアンドレアと、生涯切れることのない番の絆を結びたい。

そうして腹に彼の灼熱《しゃくねつ》のほとばしりをたっぷりと注がれ、彼の子供を孕みたい。

それはオメガの本能であり、アンドレアを愛するがゆえの、クラウスの欲望でもある。

たった一人の王族として、世継ぎを生まなければという使命感ももちろんあるが、それとは比べものにならないほど強い、心からの願い。

それこそ、クラウスの中の燃えさかる命の火が、それを求めているかのような。

「おまえのものになりたいよ、アンドレア」

「クラウス様……」

「番になって、おまえの子を孕みたい。おまえの命を、俺に注いでくれっ……」

哀願の言葉を告げ、脚を開いて自ら膝を抱え上げてみせると、アンドレアが眉根を寄せ、目の奥にかすかな獰猛さを漂わせた。

濃密なオメガフェロモンに激しく煽られながら、ここまで己をどうにか律してきたアンドレアが、わずかに見せたアルファの本能。

それが見たかったのだと、誘うように微笑むと、アンドレアが息を弾ませて狭間に身を寄せ、クラウスの両脚を抱え上げてきた。

そのまま巨軀でのしかかるようにしながら、熟れた後孔に肉の楔《くさび》をつないでくる。

「あっ、ぁあ、ぅ、うっ……！」

いつになく張り出した頭の部分の大きさに、ひやりとする。

だがぐぷりと中に沈められると、クラウスの肉筒は歓喜したように震え動き、中へと引き込もうとするみたいに彼に吸いついた。

それがこたえたのか、アンドレアがウッと息を乱すが、大きく息を吐いてどうにか動きを抑え、浅く腰を使って挿入を深めてくる。

「くっ……、あなたの中が、私の形に、なっていくようだっ……」

アンドレアが甘苦しげに言いながら、ぐぷ、ぐぷ、と己を収めてくる。

まるで泉の水がゆっくりと満ちるように、体がアンドレアで埋め尽くされていくようだ。

彼自身をすべて沈められ、孔を塞《ふさ》ぐみたいに亀頭球を押しつけられると、中で彼がぴくりと息づくのが感じられた。

内襞はこれ以上ないほどアンドレアにぴったりとしがみついて、境目がわからない。心でも体でも抱き合っているみたいで、恍惚《こうこつ》となってくる。

「……俺のここは、おまえだけの、ものだ」

クラウスは言って、アンドレアの首に腕を回した。

「おまえのここも、俺だけの、ものだな？」

煽るように言って、後ろをぎゅっと絞ると、アンドレアがアッと小さくあえいで、悩ましげな目でこちらを見た。

困ったように微笑んで、アンドレアが言う。

「あなた以外のものになるなどあり得ません。私はあなただから、こうなるのですから」

「嬉しいな。でも、本当に？」

「はい。私はあなたにしか反応しない。あなたしか、欲しくないのですから……！」

「あっ、あっ！　はあ、ああっ……！」

もはや抑えが利かなくなったかのように、アンドレアが腰を使い始める。

そうしながらむき出しの首筋に口づけて、夢見るような声で言う。

「ああっ、クラウス様の、匂い……、温かい血潮の、匂いだっ……」

「アンド、レアっ」

「ずっと、これを求めていました。恐れ多いと知りながらも、発情したあなたを抱き、首を噛んで我がものとする瞬間を、どれほど夢想したことかっ……！」

「あぅっ、はあ、あああっ」

はあはあと息を乱し、野生の獣のような激しさで腰を打ちつけられ、ぐらぐらと視界が揺れる。

アンドレアが抑えてきたアルファの本能が、今ようやくすべて立ち現れてきたようだ。これ以上ないほどに硬く大きくなったアンドレアの欲望も、ほとんど凶器そのもののようになっている。

だがクラウスの体も、このときを待ちわびてきた。媚肉《びにく》は少しの苦痛を感じることもなく、肉杭が行き来するたび甘く震え、ますます淫らに愛蜜を滴らせる。

悦びで全身がしびれ、凄絶な快感にあらゆる思考が飛散して、目の前のアンドレアへの愛しい想いしか感じられなくなってくる。

――運命によって惹《ひ》かれ合った、ただ一人のアルファ。

最奥を突かれ、根元の亀頭球の熱さを感じさせられるたびに、アンドレアが「運命の番」であることを実感して、歓喜の涙がこぼれそうになる。

両腕と両脚で彼にしがみつき、動きに合わせて腰をしならせて、幹をきゅっと絞り上げると、アンドレアがおう、とうなり、ますます大胆な動きでクラウスを攻め立ててきた。

振り落とされそうなほど突き上げられ、蜜筒の中ほどの感じる場所から奥の狭くなっているところまで剛直で余さずこすり立てられて、また頂の波がせり上がってくる。

「ひ、ぁっ、ぃ、きそっ！　また、ぃ、くっ」

「私も、もうっ……！」

「く、れっ！　おまえの熱いの、俺の、中にっ、ぁっ、あッ――」

こらえきれずに絶頂に達し、視界が激しく明滅する。

クラウスの肉筒がぎゅう、ぎゅう、とアンドレアの幹を締め上げると、その感触がこたえるのか、アンドレアが甘く息を洩らした。

「ぁあ、搾られるっ……、あなたの、中にっ……」

苦しげにそう言って、アンドレアが最後に大きく二度、クラウスの最奥を穿つ。

そのままぐっと亀頭球をクラウスの中に埋め込んで動きを止め、巨軀をぶるりと震わせる。

「……ぁっ、あ！　おまえのが、出てっ……」

腹の奥にざあ、ざあ、と熱いものを浴びせられて、全身の肌が粟立《あわだ》った。

おびただしいほどの量の、アルファの白濁。

まるでアンドレアの命そのものを体に注ぎ込まれているかのようだ。

びしゃ、びしゃ、と勢いよくはねるのを感じただけで、何度も小さく気をやってしまう。

これこそが、クラウスがずっと求めていたもの。

そして……。

「……嚙め、アンドレアっ……、俺を、おまえの、ものに……！」

「はいっ……。クラウス様、どうか永遠に、私だけのあなたになってください！」

こいねがうような声でアンドレアが言って、クラウスの左の首に顔を埋める。

首筋に彼の歯が当たり、顎《あご》にぐっと力が入って――――。

「ひ、あっ……！」

硬い歯が皮膚を破り、肉に深々と食い込む痛みに、悲鳴を上げる。

けれど痛みはほんの一瞬だった。すぐに噛まれた場所から何か温かいものが体に流れ込んできて、全身をくまなく巡り始める。

心地よい感覚に知らず笑みを洩らすと、まだ彼を受け入れたままの内筒の奥が、ひと際ぽかぽかと温まってくるのが感じられた。

アンドレアの命の火が、クラウスの体の中にある。そしてクラウスもまた、アンドレアとともにある。

二人の間で、永遠に切れることのない番の絆が結ばれた。体でそう感じて、胸が震える。

「……アンドレア、おまえ、温かいな？」

うっとりしながらそう言うと、アンドレアが顔を上げ、美しい黒い瞳でこちらを見つめてきた。精悍な顔に笑みを浮かべて、アンドレアが言葉を返す。

「あなたも、とても温かい。やはりあなたは、太陽のようなお人だ」

互いに混ざり合い、深く結ばれている喜び。まるで魂が触れ合っているみたいな、ほん

の少しのくすぐったさ。

番の絆とは、こんなにも温かいのだと、甘く幸福な気持ちになってくる。

「抱き締めてくれ、アンドレア。もう一度愛を誓い合いたい」

「はい、クラウス様」

アンドレアが答え、体をつないだままたくましい腕でぎゅっと抱き締めてくる。

彼の肩に顔を埋め、麝香に似た匂いを胸いっぱいに吸い込んで、クラウスは告げた。

「愛している、アンドレア。生涯、おまえだけだ」

「私も、あなたを愛しています。あなたと……、そしてこれから生まれてくるであろう新しい命を、私は永遠に愛し続けるでしょう」

「ふふ、気が早いな。でもそう言ってくれて嬉しい。子は授かりものだとわかってはいるが、早くその日が来てほしい」

発情が来て、アルファと番の絆を結んだことで、オメガのクラウスが子を孕む条件はすべて整ったことになる。

あとはその日を待つばかり、と思いたいが、ロイドのように、子をなせなかったオメガもいるわけで……。

「きっと大丈夫。すぐですよ、クラウス様。私にはわかります」

アンドレアが言って、艶麗《えんれい》な目をしてこちらを見つめる。

「番の絆を結んで、あなたの命の宿り場が早くも熟し始めたのを感じますから。ほら、こうすると、ご自分でもわかりませんか？」

「……っ……？」

トン、とアンドレアの切っ先で奥を突かれて、ビクンと体が跳ねた。

クラウスの内筒の最奥、狭くなっている場所の上あたりに、何かジンジンと疼き始めているところがある。

そこは新しい命が育まれる場所、オメガ子宮と呼ばれるところへの入り口ではないか。

「ぁあっ……」

アンドレアがクラウスの上体を抱き起こし、つながったまま腰の上に座らせてきたから、小さく悲鳴を上げた。

確かにアンドレアが言うとおり、クラウスの腹の奥で、オメガ子宮がたわわに実ってその存在を主張し出したようだ。入り口らしきところがぷっくりと熟したようになっていて、ぐっと雄を押しつけられただけでかすかな快感を覚える。

嬉しそうに目を細めて、アンドレアが言う。

「また一つ、あなたのいい場所が増えましたね？」

「アンドレア……、あっ、そ、なっ、動かれ、たらっ」

ゆっくりと優しく、下から雄で突き上げられて、ビクンビクンと上体が反り返る。

とても柔らかいそこに切っ先が当たるたび、身がしびれるほどの悦びが湧き上がって、体の芯がまた淫蕩《いんとう》の熱を帯びてくる。

アンドレアのほうもたまらない具合らしく、次第に動きが大きくなっていく。

「やっ……、おまえのが、こぼれて、しまうからっ」

「また注いで差し上げますよ。いくらでも、何度でもです。愛していますよ、クラウス様」

「ぁ、んっ、ん……」

キスをされ、律動を再開されて、ぐずぐずと意識が溶ける。

番の性の営みは、今始まったばかりだが、どうやらまだまだ濃密な世界が広がっているようだ。

それはきっと、子を授かる喜びと同じくらい、深く豊かなものなのだろう。

二人でたくさんの子を産み育て、愛し合い、慈しみ合って、この国でともに生きていく。

温かく豊饒《ほうじょう》な未来を思い描くだけで、幸せな気持ちになる。

「俺も、愛してる……、アンドレア、愛してるっ……」

何度も愛を告げながら、クラウスも身を揺らす。

運命によって結ばれた番同士の甘く穏やかな交合に、クラウスはどこまでも耽溺《たんでき》していった。

エピローグ

『――いい子だ、ウォルフ……、そう……、そのまま、眠れ……』

わたしが選んだ新しい人間の王、クラウスが、みどりごを寝かしつけながらともに眠りに落ちていく。

人間たちが「アルファ」の「男の子」と呼ぶ、新しい命。

わたしの初めての人間の友にしてこの国の最初の王、ヴィルヘルムの血を引く、生まれたばかりの赤ん坊だ。

ウォルフという名は、クラウスと彼の伴侶のアンドレアとが、しばし悩んで決めたものだ。狼を意味するその名は、わたしの呼び名であるフェンリルから着想を得ている。

わたしはみどりごがその名を与えられることを知っていた。

この先も何人ものみどりごが生まれ、そのたびに二人が名づけに悩み、迷いながらも一つの名を選んで、祝福とともに授けることも知っている。

そしてその子らがさらに多くの子や孫をなし、大陸中に広がって、やがては海を越えてゆくことも――。

『……おや、眠ってしまったか』

アンドレアがやってきて、眠っているクラウスとウォルフの傍らに腰かける。

水を浴びたばかりなのか半裸で、胸に彫られた「戦士の証し」の刺青が露わになっている。

今はもう、誰もその由来を覚えている者はいないが、それはわたしのかつての伴侶であった、牝狼《めすおおかみ》の姿をかたどったものだ。

わたしと同じく聖獣と呼ばれた獣が、昔は大陸のあちこちにいたのだが、今はもう、たいがいの名は忘れ去られてしまっている。

クラーケンのように闇に堕ちてしまった者も、少なくはない。

だが、我が伴侶は戦士の胸に刻まれることで、名を失った今も人間たちを守っている。

わたしと伴侶との絆も、人間を介して永遠に続いていくのだ。

『……フェンリル……、そこで二人を見守ってくださっていたのですか？』

アンドレアがわたしに気づき、笑みを見せて訊いてくる。

運命をその手につかんだ者たちは、皆美しい。

愛すべき人間たちを一瞥して、わたしはひらりと身をひるがえした。

小さなその手を取って

（……フェンリル？）

ヴァナルガンド大聖堂の二階、王たちの祈りの間。

薄く開いたドアの隙間《すきま》から中を覗《のぞ》いて、アンドレアは思わず目を見張った。

薔薇窓《ばらまど》の下に聖獣フェンリルが丸くなっていて、そのすぐ脇《わき》に、息子のウォルフが手足を投げ出してすやすやと気持ちよさそうに昼寝をしている。

ウォルフはほんの半時ほど前まで、王宮のライブラリーでクラウスと絵本を読んで静かに過ごしていたらしい。それがちょっとした言葉の行き違いで感情的になり、外に飛び出していってしまったのだとクラウスから聞いて、あちこち探していたところだ。

こういうとき、ウォルフは一人になりたがるので、もしやと思って祈りの間に来たのだが、フェンリルが添い寝して見守ってくれているとは思わなかった。

父親であるアンドレアが迎えにきたからか、フェンリルがブルーグレーの目をこちらに向け、のっそりと立ち上がって歩き出す。

心の中で礼を言って頭を下げると、フェンリルはそのまま、部屋の壁を通り抜けるようにして去っていった。

するとウォルフがもぞもぞと動き出し、やがて目を覚ました。

「……ここにいたのか、ウォルフ。探したぞ？」

ウォルフが寝ぼけ眼のまま小さな体を起こしたので、静かに声をかける。

髪に寝癖がついているのが、なんとも愛らしい。

「こんなところでうたた寝をしていては、風邪《かぜ》をひいてしまう。城に戻ろう」

優しくうながし、部屋に入ると、ウォルフが心細そうな声で訊《き》いてきた。

「……でも、かあさま、おこってるでしょう？」

「怒ってなどいないよ」

「とうさまは？」

「怒っていない。でも、おまえの振る舞いはよくなかった。自分でもそれがわかっているから、ここに来たのだろう？」

諭すように言って、ウォルフの傍《そば》まで歩いていく。

彼の背後には厚手の紙が何枚か散らばっていて、そこには四つ足の獣が描《か》かれている。

どうやらフェンリルのようだ。

「とても生き生きと描けているな。おまえには絵の才能があるようだ」

そう言って、隣に並んで腰を下ろすけれど、ウォルフは黙ったままだ。

自分が悪かったことはわかっているのだが、心がそれを素直に受け止められなくて、気持ちがモヤモヤするのだろう。

今のこの子と同じ五歳くらいの頃、それはまだ、祖国シレアが隣国に滅ぼされるよりも前のことだが、自分もまたこんなふうだったと、なんだか懐かしい気持ちになる。

（もっとも、きょうだいのいない私は、この子と同じ悩みを抱いたことはないのだが）

オメガの国王、クラウスと、彼の王配であるアンドレア。

その第一子のウォルフは、皆が待ち望んでいた王族の血を引くアルファの王子だ。

ヴァナルガンドの王族に特徴的な赤茶色の髪に、シレアの民であるアンドレアと同じ、黒い瞳《ひとみ》をしている。

本を読んだり絵を描くことを好む、比較的おとなしい性質だが、親のひいき目ながらとても聡明《そうめい》で利発な子だ。

この子が生まれたとき、クラウスは世継ぎをもうけなければという重圧からひとまず解放され、とても安堵《あんど》していた様子だった。アンドレアとしてもこの上なく嬉《うれ》しかったから、まずはこの子を大切に育てていこうと、二人で誓いを新たにした。

しかし、思いがけず翌年から、アルファの王子が一人と王女が二人、年子で立て続けに生まれ、ウォルフは否応なしに長兄となった。

こちらからは弟妹の面倒を見ろなどと言ったこともないのに、自ら世話役を買って出たりして、周りからはとてもいい兄だと思われている。

だが、本人も気づかぬ間にそれが重圧になってきているのではないかと、アンドレアは少々気になっていた。

「おまえは少し、疲れてしまったのかな？」

「……？」

「弟や妹たちの面倒を、それはよく見てくれているからな。陛下も私も、そのことにはとても感謝している。いつもありがとう、ウォルフ」

そう言って肩を抱くと、ウォルフがようやくこちらを見上げた。

アンドレアは笑みを見せて続けた。

「でも、おまえはまだ幼い。よき兄であろうと気負いすぎて疲れてしまったのなら、少し休むのもいいだろう。私も、もちろん陛下も、そうしたからといっておまえを責めたりはしない。いつだっておまえを大切に思っているのだからな」

安心させるように告げると、ウォルフの表情が少しだけ和らいだ。

けれどすぐに、何か考えるような顔をして、おずおずと訊いてくる。

「……でも、また赤ちゃん、生まれるんでしょう……？」

「陛下から聞いたのか？」

「うん……。おなかが動いてる、って言ってた」

「そうだったのか」

（なるほど、だからか）

まだほとんど誰《だれ》にも話していないが、今、クラウスは五人目の子供を身ごもっている。

それを告げられたから、ウォルフは気持ちが不安定になってしまったのだろう。

でも、そうやって性急に妊娠の事実を告げてしまったのは、クラウス自身もいくらか不安だからではないだろうか。

クラウスは目下、アンドレアとともに四人の子供たちを育てながら、国王として日々精力的に政務に励んでいる。誰から見ても完璧《かんぺき》につとめを果たしているように見えるが、最近は子供たちと過ごす時間が少ないことを、密《ひそ》かに気に病んでいた。

彼もまた、よき王、よき親であろうと気負いすぎているのかもしれない。

その気持ちもわからないではないが。

(苦も楽も、一人ではなく皆で分かち合うほうがいい)

クラウスと結ばれるまでは、アンドレアもどちらかというと一人であれこれ背負《しょ》い込むほうで、皆のために我が身を捧げることにためらいなどはなかった。

だがクラウスや国や民たちを守るために人柱にまでなってみて、それはもしかしたら、独善なのかもしれないと思うようになった。

人は一人では生きられない。だから人は愛し合い、慈しみ合ってともに生きていくのだと、アンドレアは改めて知ったのだ。

聖獣フェンリルも、愛する人間たちにそうあれと望んでいるのだと――――。

「子は宝だよ、ウォルフ。何人生まれたとしても、おまえへの愛が薄れたりはしない。聖獣フェンリルが、この国と民とを永遠に愛してくれているようにな」

「フェンリルと、同じ？」

「そうだ。おまえは愛されているんだよ、ウォルフ」

優しく包み込むように抱き締めてやると、ウォルフも安心したのか、こちらをぎゅっと抱き返してきた。

まだ小さな手が、何の迷いもなしにすがりついてくる。

我が子をかけがえのないものだと強く感じる瞬間だ。

『……おーい。そこにいるのか、アンドレア？』

礼拝堂に続く階段の下から、クラウスの声が聞こえてくる。

彼もウォルフを探しにきたのだろう。ウォルフが顔を上げ、決意したように言う。

「……かあさまに、ごめんなさい、する」

「そうか。じゃあ、一緒に行こうか」

手をつないだまま、二人で部屋を出ていく。

小さなその手の温かさを、アンドレアは心から愛《いと》おしく思っていた。

あとがき

こんにちは、真宮藍璃です。「ビッチング・オメガと夜伽の騎士」をお読みいただきましてありがとうございます！

今回はオメガバースものです。タイトルにもあるビッチングとは、アルファやベータがオメガにバース転換することです。

ビッチングという言葉を使わなくても、そのようなオメガが出てくるお話はすでに世の中に存在しているかと思いますが、意外にも今まで書いたことがなかったので、今回初めて挑戦してみました。

また、現実世界から異世界に飛んだり、転生したりするのではなく、ファンタジー世界だけで進むお話を書いたのは、初めてではないですがちょっと久しぶりな感じがします。そこに今回は、主が受けの主従ものということで、いつになく新鮮な気持ちで書くことができました。少しでも楽しんでいただけましたら幸いです。

この場を借りましてお礼を。

挿絵を引き受けてくださった小山田あみ先生。

今回も素晴らしい挿絵をありがとうございます。アンドレアのラフを初めて見たとき、わあ、アンドレアがいる！　と声が出てしまいました。真心と忠誠心が凝縮したような、本当にそのままの姿でした。クラウスもカッコいいし、ロイドは麗しいし、ダミアンもまさにダミアンで、素敵に描いていただけて本当に嬉しかったです！

担当のF様。主従は割と好きなのですが、忠犬のような攻めというのは今回初めて書いた気がします。けっこう好きかもしれません。オメガバファンタジーも楽しかったので、また書いてみたいです。

最後に読者の皆様。ここまでお読みいただきありがとうございます。よろしければご感想などお待ちしております！

二〇二三（令和五）年　八月　　真宮藍璃

本作品は書き下ろしです。

ラルーナ文庫

この本を読んでのご意見・ご感想・ファンレターなどお待ちしております。**〒110−0015 東京都台東区東上野3−30−1 東上野ビル7階 株式会社シーラボ「ラルーナ文庫編集部」**気付でお送りください。

ビッチング・オメガと夜伽《よとぎ》の騎士《きし》

2023年11月7日　第1刷発行

著　　者｜真宮《まみや》 藍璃《あいり》
装丁・DTP｜萩原 七唱
発 行 人｜曺 仁警
発 行 所｜株式会社 シーラボ
〒110-0015　東京都台東区東上野 3-30-1　東上野ビル7階
電話　03-5830-3474／FAX　03-5830-3574
http://lalunabunko.com
発 売 元｜株式会社 三交社（共同出版社・流通責任出版社）
〒110-0015　東京都台東区東上野 1-7-15
ヒューリック東上野一丁目ビル 3階
電話　03-5826-4424／FAX　03-5826-4425
印刷・製本｜中央精版印刷株式会社

　ISBN978-4-8155-3287-1